谨以此书

献给我生活过的神圣土地和流年岁月

大地会宁

张伟军 著

團结出版社
UNITY PRESS

图书在版编目（CIP）数据

大地会宁 / 张伟军著 . -- 北京 : 团结出版社，
2024. 9. -- ISBN 978-7-5234-1507-8

Ⅰ . I267

中国国家版本馆 CIP 数据核字第 2024ED3416 号

责任编辑：韩　章
封面设计：悟阅文化

出　版：团结出版社
　　　　　（北京市东城区东皇城根南街 84 号　邮编：100006）
电　话：（010）65228880　65244790
网　址：http://www.tjpress.com
E-mail：zb65244790@vip.163.com
经　销：全国新华书店
印　装：成都市兴雅致印务有限责任公司

开　本：145mm×210mm　　32 开
印　张：9.5　　　　　　　　　　字　数：222 千字
版　次：2025 年 1 月　第 1 版　　印　次：2025 年 1 月　第 1 次印刷

书　号：978-7-5234-1507-8
定　价：69.00 元

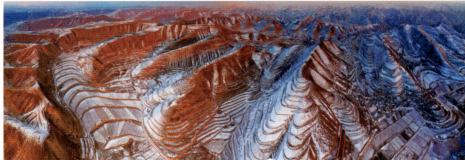

① ————

② ————

③ ————

①云海中的群山

②大山，总释放着一种力量

③桃花山上空俯瞰会宁县城（图①~③王进禄　拍摄）

① "左公柳"，穿越历史的精神根脉
② 会宁乡村迎来现代农业新篇章（图①~②王进禄　拍摄）
③ 科技撑起会宁产业园时代（张伟军　拍摄）

① _____

② _____

③ _____

① 钟鼓楼烟花，绚烂一城（郭志辉 拍摄）

② 红色驿站一角（张伟军 拍摄）

③ 地标，红军会宁会师旧址（周新刚 拍摄）

"光"在大地

因为每一段留不住的岁月，都有一个忘不掉的故事，所以我们总试图找回从前很多文明的、思想的碎片。于文字的高山之巅，看海纳百川，径流婉转；于文明的滥觞，看历史文脉，岁月冗长；于变量的端倪，看大趋势，思考基本盘。

从一万年前鸿蒙初辟的新石器时代到21世纪20年代，在古老的会宁大地上，留下了众多历史遗存。

历史万花筒中的大地会宁，赫然雄阔，丰腴多姿。

大地为坤，承其厚。人类任何生产生活都离不开大地。每一个区域的大地上都留下了自然的、人文的、历史的、经济的各方面的存在。而在会宁这片大地，自有其"大"、有其"微"，之于宇宙自然，自有大地会宁。

在一个相对较长的历史区间，我们每个人的认知破局，思维跃升，复盘成长等都离不开"山河大地"对自身的加持。

历史已然定格。所有的伟大和雄浑，都和她独特的历史有关。两汉时，会宁地居"丝绸之路"北线，是中西方文明交相辉映脉络里的明珠。20世纪，震撼世界的中国工农红军长征就是在这里

给时间一个特写，这些车水马龙仿佛就被瞬间凝固。因为光的存在，人类文明的星河才被照亮
（张伟军　提供）

胜利会师。共和国的脚步从这里走来。远去了驼铃阵阵，刀光剑影，会宁以其自身的魅力又站在了一个新的发展起点。

　　会宁历史文化丰富多彩、红色文化地位突出、民俗文化博大精深、现代文化熠熠生辉。

　　在这本书里，我用自己的视角在历史的长河中寻找另一种"精神的灯塔"。除了那些大叙事之外，我还注意到了非遗文化之魅、教育的脊梁、健康中国在乡村的基石、智慧养老的探索、丘陵山区的机械化、客运公交化改革的市场逻辑、东西部扶贫协作、路衍经

济的增值创试、企业的蜕变、数字技术的嵌入等。这些看似和自然地理并不匹配的"点"，其实在侧面反映着这个地方的发展韧性。

透过这些断面，行走在会宁大地之上，看高山、丘陵、大河就不再是单纯的自然地理景观，而是可以再现的历史场景和时代风貌。

有一个词叫"中介中心度"。当一个结点充当"中介"的次数越高，它的中介中心度就越大。过去很多年，会宁的"中介中心度"逐渐扩大，它与很多地方的诸多产业、商业体之间取得了广度与深度的交融。

每一个人都会有自己的精神追求；每一个人都会用自己的方式去解读这个时代，去礼赞脚下这块大地。相对于"天"之大，"地"之厚我们似乎能更踏实地感受到。

"顶天"的前提是"立地"。有根基，才能向上而生。不管是肉体还是灵魂，都离不开大地的托举。

《大地会宁》不光是会宁人的会宁，更是属于关心她的所有人。她是中国大地的一部分，是这个蓝色星球的一隅，是组成中华文明、世界文明不可或缺的客观存在。而在过去几千年当中，"会宁大地"自然是孕育会宁一切文明的摇篮，她有理由让大地之上的子孙们为她礼赞。

写这本书，我也是在观自己，在大地的苍茫间，如尘埃一粒，而文字有时候可能会比人走得更远。

每个人心中都有自己的大地。希望这本书能让你想起"她"。光，在大地。去追光，尽可能成为"光"。

张伟军

2023年8月于会宁

目 录

CONTENTS

01 会宁在哪

在《这里是中国》一书里的序言《可以实现的理想》中写道：

我有一个梦想，我希望：
有一天，要将中国的雪山看遍。
有一天，要将中国的江河看遍。
有一天，要将中国的城市看遍。
……

这是何等的气魄，该序言作者是耿华军，星球研究所所长。

他也希望有一天，我们能阅尽中国的方方面面，实现不可能实现的理想。

这里的我们，也包括你。

我想说：

心中装有中国，才有中国观。

心中装有世界，才有世界观。

心中装有宇宙，才有宇宙观。

会宁县属陇中黄土高原丘陵沟壑区。境内地势由东南向西北倾斜，梁峁起伏（王进禄拍摄）

......

我所有的"观"，就从我的家乡会宁开始。

从地球仪的经纬来说，会宁县在北纬35°24′至36°26′，东经104°29′至105°31′之间。从行政区划来说，会宁县在甘肃省中部，白银市南端。从地质地貌来说，会宁县地处黄土高原和青藏高原交接地带，大地构造比较复杂。它处于祁连褶皱系秦祁之间隆起带的东南端。受加里东、华里西、燕山、喜马拉雅各构造旋回不同程度的影响，奠定了整个会宁地域的基本构造轮廓。所属构造盆地内，以震旦系和寒武系变质岩及古生代侵入的黄岗岩为基底，其上广泛沉积了第三系红层和第四系黄土等。

会宁县属陇中黄土高原丘陵沟壑区。境内地势由东南向西北倾斜，梁峁起伏，沟壑纵横，总的趋势是南高北低，但东北角土高山、新源乡的局部，和南部华家岭山麓都在海拔2200米以上。南部、中部为山地，多属黄土堆积侵蚀地貌；北部是川、塬地，大多为梁峁顶面残塬和河流切割成的沟谷阶地地貌。

大河万象，祖厉奔流。在中国地理版图上黄河从青藏高原发源，一路东去，流经古会州（今白银市靖远县、会宁县、平川区）一段，曾经是中华民族历史上东进西出走向世界的重要通道和渡口。古会州大地北临黄河，西靠兰州，东至原州（今固原、西吉、海原），恰好是400毫米降雨量分界线，也是游牧文化与农耕文化的分界线。祖厉河是黄河上游一级支流，由祖河、厉河汇聚而成，由南向北纵贯会宁全境，于靖远虎门汇入黄河，全长224千米。如果说祖厉河是一条贯穿会宁的大动脉，而沿线纵横沟壑中发源的西巩驿河、土门岘河、关川河等支流便是一条条血脉，带着黄土高原的粗犷、豪爽、质朴和力量一路奔向黄河，汇聚成黄土高原的独特气质，注入华夏民族的血液，渗透中华儿女的面孔，成就奔流不息的力量，形成一条天然地理大通道。

清道光时的会宁县令毕光尧撰写《会宁县志》载，"会邑山谷纠纷，川原缭绕。东跨泾原，南蔽秦陇，西障金城，北控羌戎，古称用武之地，固历代之重镇也。"中州牛培章督修《会宁县志续编》形胜，会宁"地控三边，邑居四塞，层峦列峙，四水合流，近而虎岫，鸦山环拱卫，远而雪峰、天堑界封疆。盖巩临之右臂，秦陇之北门也"。在两千多年中华民族历史长河中，犬戎、羌、氐、匈奴、突厥、吐蕃、党项等北方游牧民族，怀着对富庶繁荣的中原财富文化的渴望，来如风、去如电，旋风般穿过古会州和原州南下东进，逐鹿中原；历代王朝从中原出发经过祖厉河和清水河顺流北上渡过黄河，西出阳关，走向世界。中华民族母亲河黄河一级支流清水河通道上的原州（古丝绸之路东段北道的必经之地，商贾云集，素以"旱码头"著称，是中国历史上的边塞重镇和军事重镇），祖厉河通道上的古会州成了历代游牧与农耕你来我往、深度融合的重要通道。

快速发展中的会宁（王进禄　拍摄）

　　在海上丝绸之路开辟以前，号称天堑的黄河是丝绸之路必须渡过的唯一大河，位于古会州的祖厉、鹯阴黄河古渡口，是古老中华民族走向世界的必经渡口。

　　历代中原王朝在会州境内东西走向的今G312线、G309线、S308线，与祖厉河谷南北走向的G247线相交，用历史的足迹，在会州大地上书写了一个大写的"王"字"古道"，遗留下古会州民族交融通道的深深脚印。祖厉河则是王字中间浓墨重彩的一竖，是中原通向西域的必经通道之一。

　　在中国地图上，六盘山以西史称"陇右"，中原王朝向西翻越六盘山沿着今天G312线青江驿、保宁驿、西巩驿自东向西直通兰州黄河古渡口，古称"中大路"；沿今G247线祖厉河经过甘沟驿、郭城驿直通黄河古渡口，古称"祖厉渡""鹯阴渡"；从祖厉河甘沟驿沿着今天G309线一路向东穿越沟谷直通西夏行宫"南牟会"（今宁夏海源县天都山）。祖厉河、中原王朝兴衰的晴雨表。汉武帝建元二年（前139年），张骞率领百人从长安出发，经过会州境内西行。《汉书·武帝纪》载，"五年冬十月，行幸雍，祠五畤，遂逾陇，登崆峒，西临祖厉而还"。汉武帝在元鼎五年（前112年）冬出巡雍州，越过陇山（六盘山），登崆峒山，然后沿祖厉河到黄河边才返回。"秦陇锁钥"便由此而来。

更让历史惊叹的是：这里就是重大历史事件发生的地方，一百年的历史中，它绝对是明珠般的存在。1936年9月，毛泽东在陕北保安讨论三大主力红军会师的地点时说："会宁，好地名，好地名啊！红军会师，中国安宁。"（来源：中国共产党网）10月，按照中央指示，红一、二、四方面军胜利会师会宁。震撼世界的中国工农红军长征由此画上了句号。"会宁"的"会"字，也被人解读为"云上之人"，在会宁会师就是承天道、顺民意。

会宁在哪？注定了它所有的禀赋，它的先天性决定了它后来的成长速度及发展高度。

02 会师之城的格局演变

2023年，会宁县城的主要交通干道突然多了很多红色元素。其中，最引人注目的还是那4个大字"会师之城"。会宁是红军长征胜利会师的地方。"会师之城"成为一座城市的品牌和关键词是历史与众望之所归。

那天，我和一个朋友吃饭，他说如果给这本书再换一个书名，你会换啥名。我随口一说"山河大地，会师之城"。他觉得很好，但我还是钟情于"大地会宁"。会宁大地有它的特殊性，这就是"大地会宁"，而"会师之城"是特殊性之一。

而今，踩着时代的步履，红色会宁，再燃激情；会师之城，实至名归。

把历史的交给历史，让历史发生的地方彰显其该有的本色。我想，会师之城的建设，是一个杠杆，它所撬动的是一个城市新的发展和增长极，会师之城的建设正在让一座城市实现更美好地蝶变。

过去的几十年里，会宁在蛰伏，在积淀。今天，她的卓越改变，不光带来惊艳，还有历史深处的回响。

明代洪武六年（1373年），会宁古城城辟四门，东曰"东胜门"，西曰"西津门"，南曰"通宁门"，北曰"安静门"，城郭形如凤凰展翅，故有"凤城"之称。图为"西津门"古城楼（周新刚　提供）

会师联欢会（周新刚　提供）

红军会师联欢会旧址（周新刚　提供）

会师旧址全景图（周新刚　提供）

1936年10月8日，中国工农红军一、二、四方面军在会宁胜利会师。这里成为中国革命走向胜利的转折点。形成了革命力量的大汇合，革命团结的象征，在世界敬仰的长征史上留下了不朽的丰碑。铸就了"坚定信念、艰苦奋斗、团结一致、敢于胜利"的会师精神。会宁作为长征的会合点，与出发点瑞金、转折点遵义、落脚点延安一道，成为中国革命历史上的红色圣地。其被列入全国30条红色旅游精品线路、100个红色旅游经典景区和20个重点红色旅游城市之一。

这里，我们以历届红色文化旅游节为背书，来探讨其与一座

长征胜利景园（周新刚　提供）

城市的格局演变。

　　以长征为背景，突出会师主题，打造红色旅游品牌是会宁这些年在红色旅游文化产业探索方面的一条主线。这一基于历史存在与县域实际发展的顶层设计，将会宁推向一个新的时代高度，推向关于国家发展的历史叙事。

　　思路决定出路，把想法变成办法。2006年10月18日，会师旧址管委会的宣教团背着各类资料，开始了"走出去"

大墩梁烈士纪念塔（周新刚　提供）

慢牛坡烈士陵园（周新刚　提供）

的征程。这一年是红军长征会宁会师70周年。时至今日，会宁倡导的："红色文化产业要形成，光不能盯着景点、景区不放。对于游客来说，它们只是吸引物，城市才是目的地。以后的发展就要围绕'景城一体化'。城市综合品味上去了，旅游才会有载体。"的理念依然发挥着其扛鼎作用。

小红军救魏煜故事中的小红军画像
（周新刚　提供）

17年过去了，当时的宣教队将一份份宣传资料通过邮寄、电子邮件、登门拜访等方式发到全国各地，并经过交流沟通，最后与近百家旅行社达成了旅游合作协议；17年后的今天，当时走出去的"初心"迎来了一个跨越式的发展。会师之城已然成了会宁红色旅游最响叮当的"品牌"与"口碑"。当时的思路，逐渐变成会宁发展的出路；当时的想法也变成了会宁出彩的办法。2018年，在第七届会宁红色旅游节期间成立了"红色旅游联盟"。值得一提的是，会宁是发起者和倡议者。多年发展经验告诉会宁，旅游业是一个综合性产业，要延长它的产业链，就要把关键的"珠子"串起来。"珠子"是什么？珠子是精品旅游线路上的"点"，它是驿站、是古城、是红色村落、是红军战斗过的遗址……从21世纪初的红色旅游概念到如今的红色文化产业擘画，会宁正在探索实践着"会宁式"的发展之路。

做黄土的文章，向文化要生产力。会宁一切文化的形成都离不开脚下这片黄土地。但黄土地的文章不是容易做的，因为它的文章变现有一定的周期。但如果用心做好了，黄土地的馈赠将是无限的。

近些年，会宁的产业呈现出一产提质、二产提标、三产提速的发展新趋势。为什么会宁近几年打造的很多特色乡村、美丽乡村能点亮农耕文化的精髓，就是因为农耕文化与乡贤文化、公益文化等进行了深度的融合，形成了一个有多维价值的"卖点"。

近几届旅游节，我们发现乡村元素明显多了，而且富有了诗意和底蕴。明显，乡村振兴不光是教农民如何去"种地"，而是思考如何去拿黄土做文章。要么经济的、要么文化的。总之，让土地有文化是值得肯定的，而且它一定会有发展的潜力。

红园（周新刚　提供）

会宁旅游标志（资料图片）

从"打造旅游"到"旅游打造"。旅游的本质就是服务。会宁自然、历史、教育、人文等方面的禀赋是很优越的。一直以来，会宁县就思考如何能留住游客，如何延伸会宁旅游链条，该用怎样的旅游产品吸引住游客，用怎样的模式才能出新。对于这些问题的解答，会宁首先从"城市建设"划开了切入口。

"基础设施不完善，我们就完善；道路不畅通，我们就开路架桥。"这是过去几年会宁城市建设中很多担当者的共同心声。城市建设上去了，红色文化产业的发展还要从自身挖掘。为此，在过去几年当中，政府在红色文化建设方面也做了诸多规划设计。当然，这些规划设计有些已经落地，有些正在实施，有些还在继续探究中。

基础设施的完善是为了"打造旅游"，但经过这些年的探索发展，以旅游为本位，要让旅游本身吸引投资、带来产业、带来收益才是最终目的。所以，当前"旅游打造"是一个思路。无疑，"旅游打造"是新桥梁，新纽带。从这点来说，政府转变了单一的只为打造旅游而打造旅游的单向思维，拓展了旅游的内涵和外延。

乡村旅游的"迭代"与"进阶"。在会宁第八届旅游节期间，突出了"创新"和"融合"元素，全方位打造"红色会宁、会师之城"。2023年，会宁县已逐步形成了"出发在红色驿站，参观在会师旧址，瞻仰在大墩梁、慢牛坡，体验在胜利景园、红军村、红军路、红色街区，受教育在干部学院、红军小学"的红色旅游精品闭环路线。

"红色会宁·会师之城"暨第二届西北红色旅游文化展、西北红色旅游发展交流活动、《红色故事会》文艺演出、会宁民俗文化旅游节、农特产品展销会、"创意非遗·乡村振兴"会宁剪纸暨剪纸元素文化作品展、"会宁人说会宁事"讲座等系列活动，为高质量旅游节的打造带来了一缕"新风"。

在会宁第七届旅游节会中，围绕乡村游，会宁举办了第一届"大沟深处杏花村·库弯"乡村旅游系列活动；第二届甘肃·会宁油菜花文化旅游系列活动；第三届亚麻高峰论坛及亚麻花观光采风系列活动；"传承红色基因，呵护青山绿水"主题法律政策研讨等活动。从这些活动可以看出，旅游节的触角已经深度向乡村延伸。

以旅游节会为载体，会宁乡村游其实才被慢慢苏醒。那些集聚性小，旅游纵深度浅的旅游"去处"将逐渐淡出公众视野。

"旅游+"模式已开启，会宁全域旅游迎来新的局面。按照"旅游打造"的思路，互联网只是一个媒介和渠道。根本还在于旅游（资源）本身。过去几年当中，会宁依托国家电子商务进农村综合示范县项目，整合快递、物流企业，建立健全县、乡、村三级物流配送体系，打通"最后一公里"瓶颈，推动电商产业布局、

会宁文化IP（资料图片）

将帅碑林，历史的精神遗存（张伟军 拍摄）

配套体系、质量品牌等提档升级。这个过程中，会宁落实"双创"①各项政策措施，积极探索"创客空间"等新型孵化模式，推进实体店网上商城建设，实现线上线下融合发展。突出业态创新、管理创新和服务创新，优化发展环境，激发市场活力，非公经济主体、私营企业生长发展迎来挑战，也被赋予新的机遇。

植入文化IP，让旅游更有价值。这些年，会宁不断打造优秀公共文化产品，编排了大型秦腔现代剧《水的记忆》《红军来到咱们村》《红色热土》、现代戏《会师前夜》、新编历史剧《郭蛤蟆》、精准扶贫秦腔现代折子戏《算账》、大型音乐歌舞剧《古道名城·印象会宁》、《会宁民歌集——放歌会宁》《会宁皮影戏》《会宁文化系列丛书》等一批具有鲜明地域特色的本土文艺作品，极大丰富了公共文化活动内容，提升了广大群众的幸福指数。

发展就要解决信息差的问题，很多时候是因为知道的太少，造成了判断的偏差。节会，可以在一定程度上减少信息差的问题。

---

①双创：创业、创新。

所以，节会是媒介、是窗口。旅游节是一个资源集聚和释放的平台。政府以节会来推动主题活动向纵深开展或者引领某一主要产业发展，就是以"节"为"媒"，破立整合更多社会资源，增加影响力和打造美誉度，以期实现旅游预期。

2012年后，也就是会宁在开启世纪以来的第二次城市化建设热潮到现在，会宁县主要以红色旅游为牵引，积极发展"旅游+"模式，开发特色"农家"旅游、特色乡镇旅游，延长乡村旅游链条。同时，进一步优化基础设施条件，创新培育精品旅游线路，让乡村旅游全面提质换档。节会，把资源引进来，实现了输血。节会，也让旅游地走出去。但真正让旅游地活起来的不仅仅是节会带动，而是在于自身禀赋的运用和商业模式的成功。

2023年5月19日，会宁旅游LOGO和IP形象对外正式公布并启用。

会师之城的建设是一个系统性的布局，不局限于一景一河。其主题思路是"产城一体化"。城市发展的目的是带动产业发展，而产业发展最终的目的是提升"城市创收"。在会师之城的建设上，"会宁格局"让人耳目一新。对于文旅消费，人们的期待不再是停留于过去简单的游览和门票消费，好的内容和极致的线下体验逐渐成为文旅消费的核心。而空间的整体功能布局和定位决定旅游的气度和体验。

历届旅游节夯筑了一个共识：把红色旅游与红色文化相融合，把红色旅游与历史文化相融合，把红色旅游与金色教育相融合，把红色旅游与绿色产业相融合，把红色旅游与城市建设相融合，以城市为载体，以产业为平台，以旅游为目的，以文化为灵魂，用红色会宁、会师之城的品牌缔造会宁旅游大格局，努力让会宁成为更优秀的"会宁"。

03 问道桃花山

　　有梵音的山，是慈悲的。古人有"仁者乐山，智者乐水"的说法，说明山水与人性情的关联。桃花山是会宁的名山，其名不光是因为它的传说，更是因为它造就了会宁县城的自然地理格局。

　　桃花山的主要山峰有3座，主峰横枕"震"东。《易·说卦》万物出乎震。震，东方也。这不，每天的第一缕晨曦就是从那里探头，沐浴一座城的人。晨练的人开始跑步、登山、漫步在山麓的红军长征胜利景园广场，他们的步履矫健，柔中带刚，他们的面色红润，灿若桃花。大山无言，却储存着很多人的记忆。凡爱登山之人，内心总是喜欢宁静的，只有宁静才能让人察觉到生命的温暖。

　　在桃花山的小径上慢走，你随时能够看到各式寺庙建筑。除了佛教寺院保宁寺之外，大多是构筑凿刻在山崖间的石窟庙宇，道教诸神居多。道教是中国土生土长的宗教，在道教道法中，天人关系为"天人感应"，认为宇宙和人是相互交通的，由精气沟通天人之间的联系。道行高深的道士能够通过自身的修为、法术感应天道，从而祈晴祷雨，利人济物。认为天人一气相通，可以"将

雾霭中的桃花山（周新刚　拍摄）

无涯之元气，续有限之形躯"，结就灵丹，点化羽神，进而炼神还虚，与道合真，合于自然无为之道，道通为一，是最为究竟的"天人合一"。每每想到这些，你在山上的漫步就有了另一种精神的归宿。

一座山，正是因为它的容纳，才让它充满力量，显得伟岸和挺拔。我的微信名称叫"海浪"。这是一首歌曲的名字。那还是很多年前，在我老家的"大沟梁上"，弟弟教我唱这首歌："我听见海浪的声音，站在城市的最中央。我想起眼泪的决心，你说愿意的那天起，后来怎么消失去，再也没有任何音讯……"当时，没觉得这首歌的力量，后来我体会到了就把这首歌曲的名字用作了我的微信名。

我想，再小的浪花也有它的梦想，再微不足道的个体也是一个世界，而我们都走在修行的路上，见山、见水、见自己。

大山是有情的。我总会这样想，然后默默地告诉自己：没有情的话，你每次来就不会感觉到一种很特殊的亲密感。自从你第一次把自己交付给了大山，那大山是会记下的。比如，你曾经站在大山之巅毫无拘束地吼了几声，大哭了一场，给某个人诉说了你的衷肠，为某个人许愿，给心爱的人祈福……这一切其实都和大山有关，大山是知道的。而且，你知道不，大山也在生长，一年比一年高……所以，人对大山的仰望是无穷尽的。虽然有"海到无边天作岸，山登绝顶我为峰"的说法，但人始终是超越不了大山的。

我想山的"道"就是包容，接纳。山，是大地的组成部分。《易经》中，"坤"就是大地。大地海纳百川，有容乃大。大山为什么会让我们敬畏和迷恋，这往往还与我们的祖先和亲人有关。我们源于"无"而化为"无"，但在精神深处，我们相信和祖先、和亲人是有某种联系的。所以，大山在我们心里就是"道"所在。试想，如果没有了大山，那些脍炙人口的诗篇如何诞生；如果没有了大山，那些感人的佳话怎么流传；如果没有了大山，那些关于民族图腾的神话怎么塑造……这一切，不都和大山有关吗。这就是"道"中应有的部分——大山。

前面说到的保宁寺始建于宋、元年间，后多次被毁。史料显示，1986年开始重建，1989年大殿落成后取名华禅寺，2000年更名为保宁寺。占地2万平方米，总建筑面积3000平方米。主要建筑有山门、钟鼓楼、大雄宝殿、大佛寺、观音殿、伽蓝殿、子孙宫、天王殿、龙圣寺大殿等建筑，玉皇殿位于保宁寺后山顶上，为硬山顶单檐建筑。2012年省宗教局正式批准保宁寺为佛教活动场所。2018年被列为会宁县第五批文物保护单位。

今天，保宁寺香火袅袅，十方信众络绎不绝，很多游客来到桃花山就要到保宁寺上三炷香，作揖叩首，虔诚的拜一下菩萨。以求所愿，梦想成真。在中国人的传统文化中，这种仪式是需要足够虔诚的，心诚则灵。

记得有一位哲人说过："拜佛，不是让你弯下身体，而是放下傲慢；吃素，不是让你清心寡欲，而是心怀慈悲；合掌，不是让你双手作秀，而是恭敬万物。"

如果一个人能够敬畏万物，放下傲慢，那已经是得道了。人修行的高度其实和吃穿什么都关系不大，关键是你心中装有什么。如果你做生意，心中装着天下，那天下的生意就是你的。如果你销售商品，市场就是一个10万人蛋糕，那怎么做也做不大。如果你心中装有众生，那你修的道肯定是大道。如果你装的是自己，那注定不会有大的格局。

大山总会让人理解诸多疑惑，千万年来，大山依然巍峨，但关于很多个体与大山的故事也许只有大山知道……当然，那些历史上的"名人"还会被辑录于史志。

《会宁县志》记载：西汉元鼎五年（前112年），汉武帝巡视西部边陲时经过会宁，那个季节，林木葱茏苍翠，山色流丹泛紫，汉武帝登上桃花山，俯瞰大地，并留下了"汉武上马石"，横卧山中。

金哀宗完颜守绪正大三年（1226年），成吉思汗在征伐西夏时率兵克龙德县（今隆德）、拔德顺州（今静宁县），驻兵县城之野，时遇天气酷燥，大汗难耐炎热，即率兵上山避暑。并留下"大汗拴马树"，耸翠于戏楼侧。后遂建元塔"罗罗王塔"可透梗概。

清道光二十二年（1842年）8月，湖广总督林则徐因禁鸦片触怒权奸，贬谪新疆，23日途经会宁，当他沿"屮大路"出祖河谷地看到桃花山时，在马上惊叹道："此处竟有如此之秀山，钟灵毓秀，实难得也！"并在日记中记述："此处县城颇为完整，自泾州以来，皆无其比。"在会宁逗留期间，林则徐登上桃花山游览，并给戏楼题字"镜花水月"牌匾，给南街关帝庙题"物华天宝"匾额，他为关帝庙题的"气往铄古辞来切今，声和被纸光影盈字"对联，现珍藏于会宁县博物馆内。

清同治十年（1871年）古二月，陕甘总督左宗棠屯军西北，令士兵在陕西至新疆驿道两旁植树，会宁境内共植活7.3万多株，当地柳树也被称为左公柳。

民国十三年（1924年）9月，九世班禅额尔德尼·曲吉尼玛赴北京途经会宁时，夜宿县城学堂（今中医院址），次日早晨乘坐黄缎八抬大轿起程，县长王密及士绅百姓百余人相送至祖河驿道作别，九世班禅突见轿右桃花山，急令停轿，下地登高远眺，并遥对罗罗王塔合十诵经，慨叹此山佛光灵气，独秀旱塬。

大山之于历史的意义，就是对历史人物的再塑造。当然，很多无名山丘是因为有了历史人物的出现才成了"名山"。但有史以来，凡名山的出名是早于历史人物的。

石窟艺术是卓越的艺术珍品，它凝聚了深厚的宗教感情，体现了鲜明的时代风尚，展示了一段完整的历史画卷。石窟艺术兼得天地精华与人间灵气，融会中外的文化精粹，饱满浑厚，但并不沉重晦涩，反而其活泼的视觉形象能悦人眼目，令人抒怀赏心。

桃花山石窟开凿于山脉最北端的红色砂崖上，自宋金以来，开凿石窟14座。位于平均海拔在1832—1880米之间。桃花山石窟大体呈长方形，长100米，宽20米，面积为2000平方米。初建于西夏（一说始凿于宋元时期），是会宁境内唯一现存的石窟寺。据会宁县志记载：在位于今保宁寺前的空地上，曾建有罗罗王西夏砖塔，20世纪70年代修会党公路时被毁，塔内出西夏文石碑一通，亦毁。大部分毁于清同治兵燹，光绪中期曾修复，"文革"中山上所有建筑均被拆除，造像捣毁。20世纪80年代起陆续修复。并在石窟洞口搭建木构建筑，窟内塑建神像。在修复使用的同时，个别洞窟受到了一定程度的破坏。1988年7月，桃花山庙宇石窟

般若桥（周新刚　拍摄）

列为县级文物保护单位。

　　2023年，我尝试在做自己的视频号"大地会宁"。有一期拍摄，我特意来到了桃花山上的般若桥下，寻找关于生命的东西。我敬畏"佛"，因为它本身有人追求的关于真、善、美的智慧。"般若"就是智慧的意思，"般若桥"也就是"智慧之桥"。

　　曾几何时，我从这座桥上走过，那时年轻的容颜和对世事的不谙，今想起，蹉跎了多少芳华岁月。曾几何时，我倚栏而望，满山的桃花映红了大山的肤色，却没有照亮我前行的路，今想起，错过了多少成长的瞬间。今天，我又从桥上走过，桥还是那座桥，我却年近不惑。再看桃花、再倚凭栏，已是满眼皆春，满心欢喜。成长，不就是如此吗？

般若之桥，是不断延伸的路，是不断顿悟的经，是不曾懂得的红尘，是一切过往皆为序章的开始，是站在这里，眼中写满故事，而脸上不见风霜的淡定从容。

从山水中来，到山水中去，从自然山水到人文山水，犹如开始一段又一段心灵的旅程，通过一个个古今物像，将历史的深邃见于笔端，把笔触指向文化人格和文化良知，展示出对自然、对历史、对文化，以及对生命的追问。

余秋雨说："当文化成为强有力的后盾，文学与艺术让我们发现美、善于表达，生命因此变得丰富。而这一切，支撑我们的人格，让我们成为一个理想的中国人。"

04　东山，精神的高地

　　这里墓地连着城市，杏花映着城郭。

　　东山，是拜谒者的精神高地，是守望者的内心灯塔。这里有精神的坐标，亦有精神的光。

　　历史上，东山又叫鸦障山，海拔1900余米。据《甘肃通志》记载：早年的鸦障山"多树木，产獐鹿，居民射猎。"汉武帝元鼎五年（前112年），武帝西巡，经陕西凤翔越六盘山，至祖厉而还。途经会宁时，在东山建有行宫一处。所谓："汉帝西来驾六龙，

东山望烟雨会宁（张伟军　拍摄）

遥临祖厉驻遗踪……"于今，地盘基石，未央、长乐、瓦当还在，汉砖汉瓦碎片犹存。民间相传，明代前鸦障山松林茂密，花卉百般，草色葱茏，每至黄昏，多鸦雀环绕盘翔，遮天蔽日，并栖于斯……此便是鸦障山之来历了。

每每看到东山或者登临东山，我的内心中是有一种感恩和想念情愫的。这里安息着我步入社会后的第一位授我一技之长的师父——张效民。那时候，我们几个跟着他忙得没日没夜。那一年多，我们学会了如何摄像、如何做剪辑，学会了"待人接物"。我记得，师父第一辆车是夏利，不大的一辆车，有时候拉着我们五六个人，我们挤在一起寻找梦想，彼此温暖，彼此关照……那一段时光，是我们生命中最弥足珍贵、刻骨铭心的。后来，因为诸多原因，我们各奔东西，但那些时光依旧如初，甜如醴酪。那年，送走师父后，我去了省城工作，后来又调到白银，再后来我又驻站。这一切，仿佛又回到了原点。

回到原点，我有两个底层逻辑：一个是回到故乡，一个是回到内心。在2022年清明节的时候，我微信朋友圈发了一句话：乡村连着墓地，这大概是中国乡土社会最具根脉性的一个方面。我是一个乡愁感很强的人，我对老家那片埋葬着亲人的黄土有着深深眷恋与不舍。因为我害怕他们孤独，看不见我；也害怕自己孤独，望不见他们。2013年，我驻《甘肃广播电视报白银周刊》会宁工作站负责工作；2015年考到了甘肃广电总台主管的《华夏文明导报》工作；2017年又申请调到白银分公司（白银周刊）工作，期间从记者到新闻部副主任、到影视部主任。从地理区间来说，2022年，我申请驻会宁站，相当于就是回到原点，回到当初梦想开始的地方。

当然，这次回到原点不是寻找梦想的，而是寻找自己的。梦想和现实是一对矛盾。大部分普通人，这里我更想说的是除过那些被"二八定律"框定在"二"之外的这些人大多是为生活而努力，并非梦想。每一个人都有自己的"心法"，当内心静下来的时候，一个人往往会由"定"生"慧"，自此便知道了自己的追求。我想，大千世界，"原点"无所不在。"原点"可以是道路的起点，可以是长河的源头，可以是坐标的中心，可以是事物的根本。

郭富山雕塑（张伟军　拍摄）

有一段话是这样说的：一个人会因另一个人的改变而认真改变。于是我开始努力，以为你会因我的改变而改变，可我忘了告诉你，我是因你而改变。结果是只有我深陷在你的世界里，而你始终是自由的。我因为太爱，所以在乎，开始害怕，最后沉默。一切仿佛都回到了原点，我开始做自己。经过这10年的旅程，我才发现，我在找那个"原点"。每一个人心中都有一座"东山"，它可能是希望的曙光，可能是长大的里程碑，也可能是不可逾越的精神高山。

一个人成就了一座山，一个人树立了一座丰碑。历经岁月涤荡，那山、那树、那人却历久弥新，红嘴山上的故事永远讲述着一个关于时代的叙事和精神。

　　1915年出生的郭富山，于1964年开始躬耕这座黄山，他的身世多少有点传奇。他15岁流浪到今红嘴山下的上沟社，给大户人家做长工。郭富山的名字似乎与他的信念极其吻合，"富山"2字基本概括了他后半身所有的劳动创造。1962年，国家植树造林的政策像春风一样一夜之间吹遍了祖国的大江南北，这个偏僻却富有生机的小山村也不例外。在当地政府的号召下，郭富山开始了长达23之久的"造林生涯"。这段充满血泪的奋斗征途被写进了历史，化作奔腾的浪花在历史的长河里叮咚向前。

　　23年里，他用简易的工具和勤劳的双手移动土方42000立方米，造林125亩，种植了3.84万棵树木。那时候，红嘴山到山下取水的地方一个来回就是5千米，是郭富山一担水一担水的硬是将棵棵树木浇灌成活。1986年，年逾古稀的郭富山患上了胃癌，1987年初春因医治无效而病逝。而今，他与红嘴山共长眠，长眠在他培植的绿荫中。

　　抬头望东山，看精神的高贵，看平凡人的伟大。

　　有人说，游东山就是冲着一个人的心灵去的，因为那里有关于他们的精神寄托。这一点很多人有共鸣，因为东山是他们另一个精神的家园。中国人的乡愁除了和生他养他的那个地方有关之外，还和他们亲人逝去之后长眠的地方有关。所谓，乡愁就是精神的递交与融通。说到这里，我们也可以说，每个人心中都有一座被称为"东山"的大山，那是脊梁，那是心跳的地方。对于灵魂的抚慰，大山和大地是无私的，而我们有私的一面，就是对山的敬畏和拜谒。孟子说："仁者如射，射者正己而后发；发而不中，不怨胜己者，反求诸己而已矣。"这是千古以来儒家谈修养、佛家讲修行最重要的中心。人的成长，很关键的一点就是在行走中"反求诸己"，得到宁静，得到致远。

05 西岩山，野菊花开

与会宁县城周围其他的山相比，西岩山显得沉稳低调。农历八月份一天的早上6点，天空已经大亮。我决定沉浸式地爬一次西岩山。虽然，对于其并不陌生，但要写关于它的文字，我总觉得是欠一些灵感的。昨晚天空还飘着雨丝，今天雨停了，天空湛蓝如洗。人的心情很奇怪，它与天空的颜色息息相关。

雨后的山路有一点泥泞，但不影响登攀。山坡两侧的松柏结出了籽，一簇簇、一堆堆挂在枝上。前些年挖掘机修整过的护坡上长满了青苔，雨滴还趴在上面映射着从桃花山那边射过来的朝霞的光芒。我抬头环顾四周，一层层薄雾开始在山间升腾，寺庙的梵音回响在西岩山的层峦叠嶂中。我时不时地用手拂过柏树的叶子，感受着它的生命与呼吸。大概20分钟的时间，就到了山顶一寺庙。寺庙台阶一侧长满了鲜艳的野菊花，随风摇曳。我想，它们一定是在经声佛号，云水禅心中长大的，它们吮吸着大地的营养，努力生长，在做自己。当很多美丽的花儿凋谢之后，野山菊才开始吐露芬芳，展示婀娜多姿。也许，在菩萨眼中，野山菊和莲花一样的清澈和无暇。北雁南飞之时，野菊花开。野菊花是

西岩山塬上残存的古堡（张伟军　拍摄）

故乡常见可不起眼的花，生长于山野，花色清淡，香气清新。不因无人欣赏而自减其香，不为外部环境而改变内心的高洁。在秋韵斑斓的色彩里，绽放自己的美丽。

宋代诗人戴炳写过一首诗赞美野菊花：

> 山径崎岖落叶黄，青松疏处漏斜阳。
>
> 鸣禽无数声相应，一阵微风野菊香。

我想起王阳明，想起"山间花树"的典故，其意味深长，值得品咂。王阳明去游南镇，一朋友指着山中花树问王阳明："天下无心外之物，如此花树在深山中，自开自落，与我心亦有何相关？"王阳明说："你未看此花时，此花与汝心同归于寂，你来看此花时，则此花颜色一时明白起来，便知此花不在你的心外。"一棵树的叶子，给了我很多的思考。10多年前，这座山我也来过，但我可能不会像今天这样去体悟这座山上的一草一木，不会在心底思考关于生命的意义。难道追问和思考是长大后的原因吗，还是故作高深爱思考一番。我想，追问和思考只是自己的事，是自己最根本的事。既然说出来也无妨，如果知音少，弦断又有谁听呢。

绕过寺庙，就到了西岩山的塬上。此处一马平川，形似蒸饼，所以很多人也叫此"蒸饼山"。不过还有人叫其"牧马塬"。前些年，这里建设了"西岩山红军战斗遗址"纪念展馆。

资料显示，1936年10月，在红一军团直属骑兵团攻占会宁县城之后，国民党新一军电令驻定西的十一旅旅长刘宝堂部率部收复会宁县城，10月3日上午11时，刘宝堂部到达距会宁县城西北角十多里的西巩驿镇曹家河畔村后，与在会师镇西岩山、范家坡等地担任阻击任务的红一军团直属骑兵第二团发生激烈交战。战斗一度进入白热化，刘宝堂部利用装备精良的优势兵力和10多架飞机的掩护，兵分两路分别进犯西岩山和范家坡红军阵地，并于10月3日下午占领了王家堡子，情况十分危急。10月4日上午，红一军团代理军团长左权、政委聂荣臻率红一师、红二师从会宁县城东南静宁县的界石铺赶来增援，红十五军团七十三师师长赵凌波、政委陈漫远率部从会宁县城以北的郭城驿赶来增援。下午2时许，红军的反击战打响，红军英勇战斗，直至下午6时，敌军全线溃退，死伤人数较多，敌副团长张铭注被红军击毙。10月5日，刘宝堂部占据王家堡子的险要地势，向红军阵地发起反扑，战斗持续了两个多小时，最终被红军彻底击溃，仓皇逃回定西。至此，会宁县城和周围的国民党军队及其残余被全部清除。

依据当地老年人回忆和现场指点，确定了西岩山红军烈士陵园的基本位置。西岩山前山现存西河社旧时大户人家王明先祖的堡子，至今基本完整，边长约30余米，正方形，堡子内东、西、北三面有多眼箍窑，堡子南侧大门前现在仍留存当年红军开挖的守城战壕痕迹，残壕长10多米，宽2米、3米不等，深约1米。当时左权、聂荣臻率领红军900多人顽强进攻击退了国民党守敌，一举攻克夺取了王家堡子，占领有利地形，居高临下，踞守在西城门（会师门）正对面山畔上。长征大会师之夜，有众多红军在堡子上面的山塬上巡逻站岗，保卫会师胜利。

有学者考证，红军长征会师前后，在西岩山上与国民党部队先后经历过3次较大规模的战斗，具有非常特殊的意义。一是保障了胜利会师，会宁县城和周围的国民党军队及其残余被全部清除，红军完全控制了会宁县城，为长征红军一二四方面军主力部队胜利会师扫清了障碍，奠定了基础。二是保卫了长征胜利成果，巩固了胜利成果，有力地促进了革命战略转移的实现。可以说西岩山战斗是红军会师的保卫战，没有西岩山战斗的胜利，也就难以想象会师的胜利。如果这次战役失利，国民党部队收复会宁，那么三大主力红军会师的时间和地点可能需要重新选择。因此，西岩山战斗具有十分重要的历史意义。西岩山战斗是我党军史的重要组成部分之一，西岩山遗址是我党我军重要的革命遗址。

中国历史上的很多诗人们，对于秋天一直都是"悲凄萧然"的。不禁想起李白的秋风词："秋风清，秋月明，落叶聚还散，寒鸦

西岩山红军战斗遗址石碑（张伟军　拍摄）

栖复惊。"李清照的："莫道不销魂，帘卷西风，人比黄花瘦。"感觉秋天好"凉"。幸好刘禹锡来了，他写道："自古逢秋悲寂寥，我言秋日胜春朝。晴空一鹤排云上，便引诗情到碧霄。"陶渊明说："采菊东篱下，悠然见南山。山气日夕佳，飞鸟相与还。"在红军战斗遗址这里，我又想起了毛主席的诗词：

忆秦娥·娄山关

西风烈，长空雁叫霜晨月。
霜晨月，马蹄声碎，喇叭声咽。
雄关漫道真如铁，而今迈步从头越。
从头越，苍山如海，残阳如血。

沁园春·长沙

独立寒秋，湘江北去，橘子洲头。
看万山红遍，层林尽染；
漫江碧透，百舸争流。
鹰击长空，鱼翔浅底，
万类霜天竞自由。
怅寥廓，问苍茫大地，
谁主沉浮？
携来百侣曾游，忆往昔峥嵘岁月稠。
恰同学少年，风华正茂；
书生意气，挥斥方遒。
指点江山，激扬文字，粪土当年万户侯。

曾记否，到中流击水，浪遏飞舟？

"芳菊开林耀，青松冠岩列。怀此贞秀姿，卓为天下杰"，将菊花与傲视风霜、巍然挺立的青松并列，更突出了菊花的气股不烦，超群绝俗，宋代王安石的《黄菊有至性》："团团城上日，秋至少光辉。积阴欲滔天，况乃草木微。黄菊有至性，孤芳犯群威。采采霜露间，亦足慰朝饥。"在秋风飒飒、阴气方张之时，独有菊挺立三秋，冲寒而放，冒犯群威。菊刚直不阿的倔强个性，宁折不弯的铮铮铁骨，跃然纸上。

古代先贤尚且有"先天下之忧而忧，后天下之乐而乐""鞠躬尽瘁，死而后已"的情怀，共产党人更应有淡泊名利、无私奉献的精神境界，更应该从个人对社会对人民的贡献的大小来谈人的价值。老一辈无产阶级革命家董必武所说的，一个自觉的革命家和一个普通人不同之处虽然很多，但最重要的一条区别，就在于他们对于"我"的态度不同，是唯我呢？还是忘我？是事事

盛开在西岩山寺庙前面的野山菊
（张伟军　拍摄）

以我的利益为出发点，还是以群众的利益为出发点淡泊名利、无私奉献，心中要装着人民，要装着党的事业，是保持共产党人应有的价值取向和精神追求，并为之努力实践、身体力行。

野菊花开，西风壮烈，在喇叭声咽中，一个民族实现了历史的蜕变。

06 铁木山，生命的关照

　　那时候，我才五六岁，妈妈带着我和弟弟去舅舅家，那是一个下雨天的傍晚，我们坐着三轮车在铁木山脚下下了车。接下来的路，是徒步。妈妈一手拉着我，一手拉着弟弟，硬是走到了舅舅家。

　　舅舅家在牛门洞，我听说那里的土罐罐很值钱，不过我见过的很多"土罐罐"都被当做成了没大用的家当。后来，才知道那

铁木山（资料图片）

进入铁木山森林公园的正大门（资料图片）

些土罐罐的学名叫"彩陶"，属新石器时代，是一处延续时间较长、文化遗存分布密集的大型遗址。

当然，我当年见到的"土罐罐"并不是真正文化意义上的彩陶……2006年，牛门洞遗址被国务院公布为第六批全国重点文物保护单位。牛门洞遗址包含有仰韶文化晚期、马家窑文化半山、马厂类型、齐家早期文化、类似辛店文化等遗存，前后延续2000多年。

今天，这些价值不菲的罐罐，一部分走进了博物馆，一部分被收买到了"古董们"的手里。如果，这些罐罐恰好能遇到一个懂它的人，那自然是幸运的。反之，说不定也是一种灾难，文明之殇。

那天傍晚的雨中，我们母子三人是踩着铁木山的林间小路到牛门洞的。一座是旱塬秀峰，一座是文化村落。如果放到现在我至少写几句感言。不过，一个人只要记忆在，那种对小时候的感知还是很敏锐的。就好比，铁木山的精神信仰，牛门洞的文化遗存。那天傍晚的雨，都是在不同时间的某个阶段上发生的事。在我看来，这些发生过的，还未发生的，正在发生的，都是一种必然的存在。

铁木山是众多人的"山"，牛门洞遗存是"活着的化石"，而一场平凡的雨在我心里就是对生命的省察。

如果那天的傍晚没有那场雨，也许我就不会记得那么清晰。所以，人生的路，遇到雨

彩陶（资料图片）

彩陶（资料图片）

天或者泥泞的时候未必是坏事，那也许是能让你在很多年后参悟生命的背书。从那以后，在我的记忆中就很少有这样的情景了。后来，很多次经过铁木山，在每年农历十九庙会期间偶尔去凑热闹，但后来的这些记忆并没有比那年的记忆更加铭记于心。我有时候也在想其中缘由。后来的某一天，其实我是想到了的。因为，弟弟"不在"了！所以，那年的雨天才那么让人倍感珍惜与温暖。我也相信，那年我们娘仨拉着手，雨水流过的脸庞一定是带着微

会宁县博物馆里的陶器，大部分是牛门洞出土的（张伟军　拍摄）

笑的。妈妈看着我和弟弟，我和弟弟看着妈妈……就那样在雨中一直走，一直走，走到了妈妈的娘家，我的舅舅家。这种情景和经历，我把它叫作幸福……而今，每一寸记忆都会让我难过、幸福、通透。

我们似乎总会在某一年某一时间段，爆发性地长大，爆发性地觉悟，爆发性地知道某个真相，让原本没有什么意义的时间刻度，成了一道分界线。从此，"铁木山"并不怎么刚硬，它是那么的柔软。很自然，这座山在我心里又多了几分敬畏。

我始终相信，山是活的，它是有生命的。

铁木山，又名香林山、石虎寺，景色迷人，交通方便，G309沿山而过，有"旱塬秀峰"之誉。其主峰位于头寨子镇香林村，海拔2404米，是会宁境内最高山峰，距县城70千米。登临山顶眺望，东与大山顶（2158米），西与马衔山（3670米），南与华家岭（2450米），北与屈吴山（2858米），遥相呼应，互为屏障。其山脉系马衔山支脉，南接定西青岚山，北至郭城驿清凉山，余脉绵延30余千米。其有30座主要建筑，包容了佛、道、儒、民间信仰等多元文化。一座大山寄托着很多人的希望，它给很多人以精神的关照。

民间的信仰中，庙宇信仰有着独特的精神寄托。有些不生养的人或者想要个男孩、女孩的人会去"问神"，给神灵们许愿，祈拜心想事成。如果第二年或者啥时候祈愿成真了，那许愿之人还要去庙上还愿。这是人神之间的契约。这种契约构成的民间信仰，其实也是一个社群村落团结的精神基础之一。庙宇建筑都要依托大山，尤其像铁木山这样的山似乎更能衬托出一种宏大和肃穆，一种信仰与坚守。千万年来，大山用自己的方式让仰望它的众生逐渐懂得山的胸怀和气度。

古人云："高山仰止，景行行止。虽不能至，然心向往之。"有大山在的地方，多了一种释怀，一种热爱。

07　北崎屈吴山

　　因为跨界，跨得少，屈吴山在会宁人的眼中并不是会宁的"大山"。但客观而论，它也是属于会宁的。大山在绵延，它是无私的，大山横亘于哪里，都是值得仰望的。更何况一座跨越几个区域的大山，它怎能被忽视呢？

　　屈吴山在甘肃省及宁夏回族自治区边境，地跨靖远、会宁、海原三县和平川区。相对于会宁来说，其在会宁北部。属祁连山东延余脉，西北一东南走向，东南接六盘山，为黄河支流清水河和祖厉河分水岭。同名主峰或称南沟大顶，在靖远县境内高湾乡，

屈吴山全景图（王复库　拍摄）

海拔2858米。

主属祁连山东端余脉，地质构造上因祁（连山）秦（岭）褶皱隆起形成，大体呈西北—东南走向，东南与六盘山支脉相接连，逶迤起伏，绵延不绝。主峰南沟大顶海拔2858米，是县境次高点。四周群山环抱，重峦叠嶂，如众星拱月般托起一座巍峨的山峰，拔地而立，耸入云端。山顶常为积雪覆盖，山间岩壑泉水奔涌，水源充裕，水质甘醇甜润，可供酿酒。山坡较为平缓，土壤肥沃，山间林木遍布，有天然乔木50多种，野生脊椎动物80多种。山沟两旁悬崖峭壁，如刀削斧劈一般，岩石嶙峋，形状各异。这里有境内面积最大的人工林场，宜林面积28300多亩，几十年来，以次生林改造和营造油松水土保持林及用材林为主的林木发展建设，使屈吴山林场焕发青春，灌木苍翠，绿树成荫，呈现出勃勃生机。山坡下是广阔的天然牧场，绿草覆地，植被深厚。

屈吴山历来为名人涉足之地，唐代始建总佛寺，明代建有规模宏大的寺庙潮云观，皆依山崖而修建，呈阶梯状，结构奇巧，气势不凡。现存庙宇建筑群多为后期修葺重建，雕梁画栋，色泽艳丽，林荫环抱，使幽静娴雅的山谷平添一份庄严肃穆的感觉。每至万物复苏的暖春季节，这里山清水秀，鸟语花香，山顶时常有雾气缭绕，山峰时隐时现，浮云迷雾，变化万端，仿佛一个神秘的童话境界，被喻为屈吴春嶂，是靖远古八景之一。

据传在唐代贞观十九年（645年），高僧三藏法师玄奘自印度取经归来，途径靖远曾访问屈吴山，讲经说法，一时引得高人名士云集，盛况空前。玄奘大师从乌兰渡进入靖远境内，经荒草关、赵寨柯，过苍龙山河、呼家寨、锁黄川，来到屈吴山（原名水岘滩），并在此收徒传法。有关唐玄奘来访屈吴山的故事，曾经有人勒石铭记。明朝时期住持屈吴山的黄云亭道长，根据此碑文所记，将这件事誊写在了一只经匣的匣盖上，藏于总佛寺。可惜由于世事变换，后来石碑无处寻找，这匣子也不知去向，但玄奘大师在此讲经的故事至今仍在当地流传。屈吴山总佛寺出土的佛像、万佛殿地下发掘的象牙宝剑等，考证为唐代遗物，据说就是当年玄奘在此收徒传法时的赠品。到了清代，龙门派著名道长刘一明大师造访屈吴山，幽居山中，撰述修正他在靖远善缘寺就已经着手著述的《西游记解注》，屈吴山因此闻名遐迩。

屈吴山气势雄伟，古为兵家必争之地。北宋元丰四年（1081年），神宗下诏陕西路沿边发五路兵，大举讨夏，熙河路经制使李宪率部至靖远与夏兵交战，在屈吴山大败夏兵，降其酋长裕藏颖沁萨勒，收复会州失地。1932年，甘肃境内由中国共产党领导的早期武装暴动——靖远起义，在屈吴山麓打响了起义的枪声。1935年秋天，徐海东、程子华率领的红二十五军曾途经屈吴山东岭。1936年9月，朱德、徐向前率领红军扎营于屈吴山，暂时休整，在万佛殿北山顶设侦查哨所。数日后，张国焘、朱德、彭德怀胜利会师于打拉池。红军在屈吴山留下了艰辛的足迹，承传了中华民族不屈的精神，播下了中国革命的火种。2006年7月，靖远县在屈吴山下修建了高湾无名红军烈士纪念亭，用于纪念红军长征途经靖远时牺牲在这块土地上的无名烈士，他们的遗骨也迁葬在这里，这些革命先烈的英魂永远地安息在靖远大地上，他们的革命精神和光辉永存。

08 七川八塬九道梁

　　会宁县境内地势由东南向西北倾斜，梁峁起伏，沟壑纵横，总的趋势是南高北低。南部、中部为山地，北部是川、塬地。会宁的整体自然区划分为：七川八塬九道梁。

　　七川（郭城川、关川、甘沟川、城川、中川、大豹子川、小豹子川）；八塬（白草塬、孙家塬、新庄塬、李家塬、高塬、程家塬、扎子塬、新塬）；九道梁（沿串子梁、云台山梁、东山梁、大山顶梁、党岘梁、桃花山梁、铁木山梁、坪岔梁、小西梁）。

　　会宁河流以党岘梁为分水岭，北归祖厉河入黄河，南注渭河入黄河。祖厉河（支流有：祖河、厉河、西巩河、苦水河、黑窑

大豹子川的麻岔河社（流域）冬景（张伟军　拍摄）

沟河、甘沟小河、土门岘河、关川河、七里沙河、腰井河）；侯川河（支流有：邢郡河、梁河、老君河、葱地河、响河）。

每一个区划部分我写一个例子，以窥其"貌"。

大豹子川

我总觉得"大豹子川"这个名字很霸气。

小时候，很多老人都说："大小豹子南峪川。"它指的主要是会宁丁家沟镇和中川镇的沿川地带。因为很多年前，这些地方水草丰茂、牛羊成群，是有名气的米粮川。21世纪以来，这些地方逐渐失去了往日盛景。泉水干涸，地下水位下降，很多农地呈撂荒状态。庆幸的是，科学技术在一定程度上弥补了自然条件的不足。2020年前后，中川镇沿川地带进行土地整合，发展设施农业，一座座日光温室、暖棚绵延开来，向科技要效益，向规模化要产量。这里伴随着的是，农民有的在大棚里打工，有的把土地流转给大合作社（公司）进行入股分红，农民变成了股民，土地实现了另一种模式的变现，南峪川似乎还是"米粮川"。但大豹子川的蜕变还在等待着政策机遇和红利。我们相信，蜕变会到来。

大豹子川大概是指丁家沟镇龙王峡至该镇梁庄段。20年前，龙王峡水沿着大豹子川的河湾日夜流淌，水里有一指长的鱼，有青蛙、有藻类植物。尤其是到了夏天，山脚下的蜿蜒处就是孩童们嬉闹的好去处。他们用泥土和石头把水拦住，筑成一个小水坝，在里面洗澡、游泳……那时候很多孩子们并不知道这条川就是大豹子川，但如果现在提起，他们会觉得这个名字是多么的野性和充满张力。

大豹子川的这条河流就是厉河的主要支流。它流经丁家沟镇马岔、线川、南门、张庄、梁庄等村，在会宁的"城川"与祖河相遇，交汇形成祖厉河。大豹子川属于麻岔河流域，很多年前，麻岔河是由几个社组成的，后来划分开了。

一位叫"会宁南渡"的作家写过一篇文章，是关于大豹子川的。他写道："半个世纪过去了，我的脚步始终在这块土地上徘徊，也从来没有感觉到它的单调，也从来没感觉到它的荒芜，因为我热爱着这片土地，还有黄土地上的人。如果要从好男儿志在四方这个角度去衡量一个人的优劣，那我就算不得一个好男儿。因为我对故乡的痴迷已到了无以复加的地步，我曾试探着离开过这片土地，走不很远便就有了风雨飘摇的感觉，最多两三年便再也不愿待在外面任游子之心无处归依，所以这一辈子注定做不了好男儿。"字里行间透着他对故土深深地眷恋。

而今，沿着大豹子川行走，你会顿感岁月的飞逝和沉淀。如果在这里长大的人，那一定是有着特殊感情的。大概乡愁就是你走远了，年龄越大的时候故乡的很多东西却更加思念了。大豹子川的是连接着大山的，这座大山就是华家岭山脉。它位于甘肃省通渭县西北部，境内地贫坡陡，沟谷纵横，岭梁交错，年平均气温只有3.4℃，夏季凉爽，冬季寒冷。1936年10月，中国工农红军第一、二、四方面军在会宁胜利会师前在这座大山之巅发生过惨烈的"华家岭阻击战"。

著名作家茅盾在1940年创作的散文《风雪华家岭》中提到的就是大豹子川连接着的华家岭。它不光是红色之脉，也是文学高山。可想而知，在华家岭北麓的大豹子川是怎样的一种朴素和伟大的存在。有了山的庇佑，有了大豹子川的关照，这里的一切生灵才繁衍生息，向前发展。

白草塬

　　前面说了大豹子川，其实白草塬上的"塬"比豹子川的"川"更平、更展、更辽阔。会宁南部多山，北部多塬。而八塬当中，最有诗意的还要数白草塬，因为在近代以来，它总和一个人有关。这个人就是谭嗣同。他参加戊戌变法，失败后，拒绝逃亡，慷慨面对屠刀，用鲜血唤醒民众。百余年来，无数仁人志士，在谭嗣同精神感召下，发愤图强，改革创新，为中华民族振兴而奋斗。人们也许想不到，"我自横刀向天笑"的谭嗣同，和甘肃有着不同寻常的缘分，他曾4次来到甘肃。他青少年时代，最为美好的时光就是在甘肃度过的，西北的风沙磨砺了他。

　　谭嗣同在兰州庄严寺、陕甘总督府、王氏园林、会宁白草塬等地方留下了诸多足迹与文墨，他还冒着风雪，骑马驰骋河西走廊……他一直跟随父亲谭继洵在兰州居住，清光绪九年（1883年）

白草塬（周新刚　拍摄）

八月下旬，18岁的谭嗣同来到会宁，然后北行上白草塬。期间，留下诗篇：

白草塬

谭嗣同

白草塬头路，萧萧树两行。

远天连雪暗，落日入沙黄。

石立人形瘦，河流衣带长。

不堪戎马后，把酒唱伊凉。

这首诗描写了谭嗣同旅途中所看到的辽阔苍茫的边塞风光。放眼望去，萧瑟充满凉意的秋风摇曳着大路两旁的树木，远处的山头上白雪皑皑，与苍天浑然一体，在落日余晖中，祖厉河静静地在大山脚下流淌，流淌进峭石壁立，黄沙飞舞的尽头。他把西北边塞的辽阔与萧条描写得生动形象，让人读后如身临其境。

学者负守勤认为，谭嗣同笔下的"白草平原"，荒凉与飞雪并存，落日携黄沙齐暗，石立人瘦、河浅流长。谭嗣同是把白草塬视为古战场吟咏的。戎马之后，谭嗣同把"白草平原"比作征战不已的凉州（今武威），以"不堪戎马后，把酒唱伊凉"句，在不堪忍受连年杀伐之余，举杯吟唱《伊州》《凉州》词曲，以消解厌恶反感之情。"伊凉"：曲调名，指《伊州》《凉州》二曲。

白草塬，由小白草塬和大白草塬组成，1949年初设乡，属靖远，之后属会宁，1958年并入郭城公社，1961年新建白塬公社，1981年更名为白草塬公社，1983年复为白草塬乡，2015年改制为白草塬镇。白草塬是古代军事重镇，境内有二百户、四百户、七百户、九百户，以及霄行山福庆寺龙王殿（清代）、民国老宅建筑，文化要素还有谭嗣同文化（清代）等。

白草塬相对于黄河屏障和郭城驿重镇，偏南，在冷兵器时代为军事后方。宋代，郭城驿是主要军事驻地，白草塬就是很好的后方基地，适宜于军事储备、军属和百姓生活等。白草塬有霄行堡城（位于二百户村），从城墙的完好程度看应当属于宋城，今天仍然有可以对比的郭蛤蟆城、西宁城、通安城等，此城的完好程度胜于郭蛤蟆城，和西宁城相当，即属于晚于郭蛤蟆城的宋城。

种种事实证明，白草塬在宋代就已经是一个重镇了，这就为后来的"白草平原"文化景观的出现奠定了基础，也为后来白草塬文化发展奠定了基础。明成化年间，靖远庠生路升在靖远八景中涉及会宁的除了"祖厉秋风"外，还有"白草平原"。白草塬原先一直属于郭城驿镇、河畔镇等管辖，历史上属于靖远地界，路升将"白草平原"和"祖厉秋风"两处列为靖远八景，就是这个原因。

云台山梁

云台山梁是六盘山余脉，蜿蜒曲折自东而来，跌宕起伏如蛟龙出海，又如巨龙腾飞，在苍山如海中游弋，而行至云台山村境内时勿折向北，止于云台川正中，蓄势待发，山脊肩两侧有小山梁伸出，似龙爪，踏地有力，有一跃而起飞天之象。云台山作为龙首之山，圆润敦实，傲立川中，以其为中心，引领诸山，周围有帽儿山、凤凰山、龟山、虎山形成拱围之势。

民国县志记载：云台山寺在县东北50里宋吉川（注：会宁县在清代分为12里，48适中，韩集地区为第二川里，云台一带为宋

山，在绵延（王进禄　拍摄）

吉川适中）。云台山因烽火台和寺院建筑时间久远和规模宏大状观而闻名县内外。

　　既然是云台山梁，那云台山本身就是耀眼的存在。曾经到韩集采风写作，我去过3次云台山，它本身的传说和历史文化底蕴也给我留下了深刻的印象。

　　云台山村李军虎讲着关于云台山堡子的故事：山坡下，土匪咆哮和进攻。山头的堡子内，百姓同仇敌忾。土匪久攻不下，遂扼其堡门断水而欲绝百姓生命。怎想，老天垂青，一场大雨灌满了堡子内的窖池……百姓得水而活，最后土匪散去……

　　云台山烽火台和古堡形状和大部分都不一样，前方后圆，方圆适度，其曲其直，美观大方，转换自然，古堡为马蹄形，烽火台为古铜锁状，不知有何寓意，或曰"龙马腾飞"，或曰"烽台永固"，今人可以尽兴想象。

雪落在会宁的大山之上，像极了大山之子的"脊梁"（王进禄　拍摄）

目前，周围能看到六处烽火台遗迹。这里还有"先有雷台殿，后有会宁县"的传说，可见云台山烽火台及寺院建筑时间久远，历史文化厚重。如今，山上最古老的物件是一个乾隆四十四年铸造的馨儿，距今200多年。

一个传说，让云台山充满了神秘感。云台山巅的堡子，引来无数文人墨客，还有自驾游的旅行者。云台山村历史悠久，境内有明代"龙马腾飞"烽火台和"月牙古堡"及寺院等，建筑时间久远，历史文化厚重。登临烽火台顶，观赏云台山田园风光及任家坪地震滑坡遗迹、"周赧王斩穴"等古遗址是一番别有情致的感受。真是：锦绣云台山叠峦，无限风光探云端。世地园林迎贵客，沉醉归路不知返。《会宁文物》曾记载："云台山烽火台（明代），1993年，会政发[1993]60号，会宁县第三批文物保护单位。"

堡子山下，有两口井。一甜一苦。村民说，苦水井能苦死癞蛤蟆。甜水井，能滋养身心，入口甘柔，是上佳天然矿泉水。有人说，这口井，就是一个产业。如何围绕这口井做水的文章，已经成了当地个别人思考的事。一口井，一口很独特的井，一口充满历史传说的井，它本身就是文化资源。它的打造自然就是云台山文旅小镇打造的一个亮点。依托这些历史文化资源，可以深入挖掘乡村旅游文化。

七川八塬九道梁从自然地理区划上把会宁分成3大部分，它们之间川塬相连，沟峁相同，共同决定了会宁禀赋和会宁气质。

大山阻隔处，有思念的故乡；河水相连处，有萦绕不断的乡愁。那山、那水、那人，构成了会宁的美丽图景。

09 大河，流淌的气韵

撤开祖厉河，会宁这座城市就没有了灵魂。毕竟，有水相连的地方才最有诗情画意。十年来，会宁作的城市文章恰恰与这条河紧紧相关。于是一条河的蜕变就是城市蜕变的缩影。倘若一个地方能把河流治理好，那这个地方的发展是值得期待的。因为，这个地方的政府和人民开始真正去敬畏山水、敬畏生态了。只有青山绿水才能守护一座城市的未来。

与这条河流相识是在我上高中的时候。对，2005年的夏天。我的母亲帮我背着铺盖卷儿，跨过祖厉河上的小桥来到了第五中学。一座崭新的学校矗立在河畔，似乎是有所期待的。在偌大的西河滩上，这座新建的学校给方圆几里增添了光彩，带来了希望。在高中的3年里，学校周边的环境设施似乎没什么大的变化。河道里芦苇疯长，杂草丛生，周边租房的地方还有一家屠宰场，还有未搬迁的面粉厂、地毯厂……如果以今天的会师桥为界，那么会师桥以北基本就是"蛮荒之地"，看不到未来，看不到发展。那时候，今天的看守所距离五中感觉很遥远，它是县城最北边的单位。今天，看守所的位置基本在城市中段位上。时过境迁，真

河的飘带，流动了一座城的性感（王进禄　拍摄）

的不得不感慨年龄的快速叠加，城市发展的日新月异。2023 年，我与这条河流相逢整整十八年了。

十八年里，我的生命中发生了人一生该经历的几乎所有的事情。回想起来，每一件事都和会宁有关。这片黄土地，孕育我，淬炼我，教我长大，教我立世。给我鲜花，也给我锋芒的刺头，在众多的质疑声中，慢慢成长起来。一座城市，有时候是不是也和人一样也在慢慢蜕变。

曾经的"蛮荒"变成"文明"；曾经的"孤岛"变成"海洋"；曾经的"枯竭"变成"滥觞"。在变化中，一座城市似乎才能走进更多人的视野。今天，可以用一个成语来形容这座城市的变化：翻天覆地。河流、大山、道路、公园……换了新装。

石桥上的小径和步梯成了很多人的记忆，那湾浑浊的水到底还是焕发了时代该有的旖旎。而锃亮着的永远都是前进的步履。

不仅是这座城，还有生活在这座城里的人。很多时候，我们每个人也许会想起钱钟书的《围城》，在围城的世界里，每个人都有另一个存在着的世界。而来到这里，你也许会想起很多……那驼铃阵阵、那马蹄声响、那长刀击空、那呐喊声威。又或者是你的一段柔肠低吟。

祖厉河由祖河和厉河交汇而成，南源厉河是甜水，东源祖河是苦水。其全长224千米，流域面积1.07万平方千米。会宁以南为上游，年降水量500毫米以上，植被较好。厉河矿化度小于3克/升，支流上筑有米家峡、新窑、芦岔沟等小型水库8座，历史上是灌溉农田的主要水源地。

祖厉河流域经济以农、牧业为主，也是"滩羊皮"产地之一。1973年以来修建的靖远会宁提黄河电灌工程，已解决了当地部分农业灌溉和人畜饮水问题。

《汉书·武帝纪》载："五年冬十月，行幸雍，祠五畤，遂逾陇，登崆峒，西临祖厉河而还"这是关于祖厉的最早记载。

公元前112年，武帝西巡至雍，临祖厉河而还。这里的祖厉河即指武帝西巡时面临祖厉县境内之黄河。

当时祖厉县居住人口少，又为匈奴经常出没和侵扰的地方，为了安邦兴业，减少骚扰，汉武帝看中了祖厉河与黄河交汇的这块咽喉地带，兵家容易把守的关键位置，遂置祖厉、鹑阴2县，其用意可想而知。以后祖厉县府虽然数易其名，隶属频更，辖域多变，治所亦数迁，但东汉、三国、西晋、北宋等朝代仍复用祖厉县称。

由此可知，祖厉河在当时确具"秦陇锁钥"的军事战略地位，因而被历代兵家所看中。

《水经注》中记述，祖厉河在汉时称为祖厉川水，是黄河上游较大的支流之一。

《会宁县志续编》载："邑全境河流，祖厉其大者也。"

从这些相关史料可知，祖厉河对于本地区的意义不容小觑。

祖厉河流域遍布着众多的彩陶文化，这些彩陶品类繁多，最早的彩陶为仰韶文化中晚期的品类，大量的是马家窑文化类型、半山类型、马厂类型以及齐家文化的品类，这些珍贵的历史文物证明，远古时代的祖厉河两岸应该是森林茂密，水草丰盛，动物繁多，生态良好，是适合人类生活的乐园。远古人类曾经在这里繁衍生息。

唐太宗贞观八年（634年）因为美丽的祖厉河两岸土壤肥沃，耕地较多，甚产粮食，朝廷将会州改名为粟州。虽然粟州这个名称使用时间不长，但从中可以看出，祖厉河两岸曾经是多么的富庶。

21世纪以来，会宁城市建设大致可以分为两个阶段，也可以理解为两次建设热潮。

第一次建设热潮中，祖厉河的深度治理还没有真正开始；第二次建设热潮，才让祖厉河得到了重生。

2004年前后，会宁县城开始第一次城市建设热潮，市场经济发展逐渐繁荣，城乡务工人员流动性加大，人数逐年增多，从官方到民间凸显多方面活力。会宁这座红色之城，第一次在政府文件中提到了"红色旅游"的概念。

2004年，甘肃省水土保持科学研究所的相关人员以黄河上游水土流失严重的祖厉河流域为研究区域，专门对"祖厉河流域侵蚀地貌"做了数理分析，并为小流域水土流失治理积累必要数据。从相关数据可知，祖厉河流经的区域植被破坏还是比较大，祖厉河治理工作刻不容缓。

河光楼影（周新刚　拍摄）

2012年前后，会宁县城迎来了城市建设的第二次热潮。"祖厉河"作为生态建设的重中之重，获得了一次"新生"。

爱的传说，守护着一条河的信仰。河的飘带，流动了一座城的性感；在执政者和百姓的眼中，她是不可或缺的存在。她有一个毓秀俊美的名字——祖厉河。

据说，很早以前，因为一场残酷战争，使方圆几百里只剩下了两户人家。一户姓祖的夫妻生育着一个儿子，家住东山的大山顶上，门前一汪碧潭，流出一道溪水，时称黑龙河；另一家姓厉，夫妻俩生育着一个姑娘，住在南边的三条岘，门前有数眼清泉，汇聚成小河，起名南河。两家相距遥远，道路不逋。随着儿女成长，两家人各自为子女的婚事发愁。有一天祖家父子上山打猎，两人翻山越岭，追逐野兽，不知不觉就到了红日西沉的黄昏。他们正想收拾猎物回家，不料狂风骤起，大雾迷漫，难辨方向，两人竟朝相反的地方走去。走了多半夜，人已经困乏得不行了，突然看到山坳间闪出了一线灯光。父子俩惊喜异常，便直奔灯光而去。到家门口一打问，才知道住的是厉家。厉家夫妇便热情地招待了祖家父子。当祖家老父得知厉家有一位仙女般美丽的姑娘时，便提出了联婚的要求，厉家夫妇立即满口应承，并告知了姑娘。厉家姑娘从门缝里看到祖家儿子英武健壮，便欢快地唱起了山歌。门前流水清凌凌，有缘交汇桃花红，河分南东不见人，闲看浮云了此生。听到姑娘歌声表达的意愿，祖厉两家相约，等到来年春天阳光灿烂的日子，他们便各自沿着门前的河水走，走到那桃花盛开的地方相聚。天遂人愿，两家果然在两道清溪相汇之处的桃花山下，喜结良缘。于是，这两条支流就分别叫祖河与厉河，而汇聚向北流淌的叫祖厉河。

明代路升的这首诗生动形象地描绘了祖厉河的风月景致，祖厉河的这番风韵着实为会宁人文景观增色不少。

> 秋到河干作意清，西风袅袅素波生。
> 月明沙岸老渔卧，唯听山前落水声。

与祖厉河相依偎的是汉唐文化街。它用一千米的陪伴温柔着这条河流的日夜流淌。

曾经余秋雨问道青城山，拜水都江堰，参悟山川江河对于精神的浸染熏陶。我想在这里，只要是带着谦卑和敬畏的人，依然会问其所道，参其所悟。你不妨到汉唐街，来一段不紧不慢的"行走"。那穿越大地而来，流淌了亿万年的河，已悄然脱去往日褴褛，以青春的绰约风姿换装而来。那宛如玉带的滨河风情线、游人如织，攒动着城市的烟火，这里曾经的荒芜与沉寂没了踪影。

这些年，会宁坚持把祖厉河生态长廊建设作为融入国家黄河流域生态保护和高质量发展的重要抓手，抢抓祖厉河被列入全国第二批流域水环境综合治理与可持续发展试点机遇，立足祖厉河黄河上游一级支流特殊资源禀赋，全面贯彻"黄河战略"，构建黄河上游祖厉河全流域高质量发展带，加快建设社会主义现代化新会宁，为落实黄河重大国家战略、贯彻实施《黄河保护法》贡献会宁力量。

21世纪的第二个10年里，这里发生了如此之大的变化，让众多回乡游子，众多阔别会宁多年的人都赞叹不已。但它的变化，依然在继续。就像一个人的成长一样，经历着、蜕变着、延续着……

看上去，是人在治水；实际上，却是人领悟了水，顺应了水，听从了水。只有这样，才能天人合一，无我无私，长生不老。这便是道。

10 钟鼓楼，中式美学信仰

建筑是无声的历史记录者，山海如画，江河如梦，国风礼赞，中式美学的浪漫……自从有了钟鼓楼，那条向北流淌的河便多了几许盈动。一河相望的汉唐街也染了几分厚重。这里自然是一座城市的地标，轻盈曼妙的女子穿着挂满丝带的衣裳，总能在这里飞出一道靓丽的曲线。

春夏秋冬，四时之景不同。春，绿芽破土。清明过后，谷雨之前，风筝总在这里的高空盘旋；夏，树木婆娑。在花叶的间隙，若隐若现着建筑的雄浑。当傍晚的夏风吹起少年的衣裳，那似乎是来自遥远的轻撩；秋，落叶寻根。不论是繁盛的树木还是单薄的花枝，能离开母体的部分都不曾刻意地留恋，而是走向自然的归程；冬，雪藏四季。当雪花落下的时候，这里便有了时间的刻度。那至少是1年、4季、12月、365天……更何况，历史的长河是那么的悠长！

站在钟鼓楼下，有时候觉得很渺小的自己突然变得巨大起来。如果，刚好在你沉浸的一刻，听到了那穿越时空的钟声。

人对钟鼓楼并不陌生，陌生的往往是自己。

自从有了钟鼓楼，那条向北流淌的河便多了几许盈动（王进禄　拍摄）

钟鼓楼是我国古代城市文明的标志之一。古人把一夜分为五个更次，从晚上19点到凌晨5点，每两个小时为一个更次。当计时仪器显示到第一个更次的时候，鼓楼就会开始击鼓定更，钟楼听到鼓声后，开始撞钟报时，每天的报时工作可以说是开始于暮鼓结束于晨钟，因此也就有了"暮鼓晨钟"的说法。它是一个宵禁的信号，也是一种皇权的象征。暮鼓晨钟建立了古代城市的管理方式，更好地维护了当时社会的秩序。随着时代的发展钟鼓楼报时的作用已然不在，它用一种历史文化的符号彰显着一座城的底蕴。

明洪武六年（1373年），会宁县址由西宁古城迁于今址后，于嘉靖六年（1527年），会宁官民又重新捐资铸钟并悬于会宁城北之万寿寺。从此，"万寿晨钟"成了会宁八景之一。明正德年间（1491—1521年）浙江举人会宁教谕张才写过一首诗《会宁八景》：

万寿钟鸣午夜晓，连城堞照夕阳天。

屈吴挂日岚光霁，桃岭舒花翠色艳。

云暗雪飞山积玉，月明硝映岸堆铅。

黑池龙喷灵湫雨，春水时添九窍泉。

会宁成化七年辛卯科（1471年）举人张拱端写过一首诗《万寿晨钟》：

寺依青山夜阁虚，晓钟声动疾还徐。

松边梦鹤惊飞处，潭底潜龙起蛰初。

半壁残辉林月坠，一天微影海霞舒。

老僧初定尤危坐，厌听轮蹄过竹居。

会宁钟鼓楼的复建是顺应城市发展的需要，是民心所向。该钟鼓楼由兰州交通大学设计，总建筑面积3158平方米，总投资1500万元，建筑总高度32.6米，总层数外5层内6层，按照东钟西鼓的传统方式，东悬重达5吨的仿宋铜钟1口，西设直径3.6米的大鼓1面，按照二十四节气布置小鼓24面。2016年1月30日，在汉唐街钟鼓楼广场举行了"会宁钟鼓楼恢复重建落成典礼暨叩钟鸣鼓仪式"。建成后的钟鼓楼，上拂蓝天之云，下和圣地之城，东眺紫薇之秀，西临祖厉之韵，南接桃峰之灵，北融黄河之魂，必将成为会宁又一大千古传颂的人文景观。

会宁民俗专家田绿洲认为，风水理论对水的要求是"聚蓄"：湖、塘、潭、池为蓄，众河归流曰"聚"。明堂若能聚水或蓄水，必主发富，所谓："明堂聚水家富豪。"又曰："明堂一碗水，止得三年渴。"祖厉河会宁城河段经过治理，成为依傍汉唐

钟鼓楼的红墙绿瓦间藏着中国式美学的审美（周新刚　拍摄）

二十四节气文化街的美丽湖景，明镜一般的湖水便是难得的聚水、蓄水，如果再配合优美的山龙布局，便有了难得的风水美学。风水讲究"山管人丁水管财。"水源以其源远流长、广阔深泓和众水汇聚为贵，古人把来水之处叫做"天门"，要求来水要多，故"天门"以开阔通畅为贵。古人把出水口称作是"地户"，水以深泓汇集为贵，因此"地户"要紧密，即出水处要缠护周密，古人把出水口处的山体或者建筑物依据不同形态分别称为"华表""捍门""罗星"等，认为出水口如果有"华表""捍门"守御遮护，则生气就会止聚而不泄，如此配合之地便是大贵之地。祖厉河"一河界气，二水汇堂"。界气指聚集生气。二水指祖河、厉河两条河流。祖厉二水在会宁县南汇合后绕县城北下，曲水环绕，顾盼有情，至汉唐二十四节气文化街东侧则形成广阔深泓而汇集于一处的美丽湖景，这是难得的"明堂聚水"，而雄踞于湖景北侧，

　　湖景下游的钟鼓楼等建筑物则像"华表""捍门""罗星"一般缠护湖景，远远看去，美丽的湖景如明镜一般熠熠发光，而钟鼓楼等建筑物则紧密缠护在湖景周围，这种风水美学格局简直是巧夺天工，浑然天成。

　　如果有机会，不妨一个人坐在钟鼓楼前的台阶上，听一回流水声，风吹声，鸟鸣声，世俗声，心跳声……也许就知道自己想要什么。比如，用10年的积淀写1本书，用5年的时间写1首歌……那里，或许也藏着你的美学。

钟鼓楼的烟花（郭志辉　拍摄）

11 西宁城，邂逅千年夙愿

今天，西宁城周围的农地里种植着庄稼。约 1000 年前，周围的宽阔地里应该是站着兵士的，以保卫这座城池。

从耕牛到机械，从兵戎到麦穗，西宁城的倔强似乎依然没有被改变。就算历经千余年的风霜雨雪，它只是静静地伫立着，好像在等待一个千年的夙愿成真，在邂逅一场没有了硝烟与金戈铁马的和平岁月……

无数次从西宁城的身旁走过，但没有足够的勇气去站到残垣断壁的城墙瞭望。当然，现在是省级文物保护单位，禁止游人攀爬。就算隔着数十米的距离，只要心中有足够对历史的尊重和坦诚，你是可以感觉到千年古城所散发的魅力的。

西宁城，位于甘肃省白银市会宁县翟家所镇张城堡村。它是由 3 座小城池连接的，又叫"三连城"，其建于北宋崇宁五年（1106年）。

到 2023 年，西宁城 917 岁了。相对于人的个体生命，它要久得多……只要文明存在，杀伐不在，古城是应该伫立在大地的。

今天，现存的西宁城残墙底宽 17.4 米，高 17 米，东西长 740

西宁城全景（王兴国　拍摄）

米，南北宽500米。站在盘桓于山岗上的一段古城墙凭空而望，312国道宛如丝带从城中穿过，将古城分为南北两城，南面祖厉河，北坐张城堡山。背山面河，扼险据要。

　　北宋末年，廷军腐败，金军在灭辽不久，又把矛头转向北宋。此时，宋朝精锐部队正在西夏边境防御，以至金军进攻宋的陕西地区、围攻宋朝首都汴京时，都未能有力"勤王"，以至金军迅速扩大战果。此时的西夏也乘机大举进攻宋朝边境。

　　1127年，北宋灭亡。随着战火的蔓延，古会州地区（即今会宁、靖远地区）又沦为宋、金、西夏交战的前沿。特别是在南宋绍兴初年（1131年）后，今白银市全境黄河以东大部分地区为金人占据，黄河以西归西夏。南宋高宗绍兴十一年（1141年），宋、金和议成，南北对峙，金人占领区的州、县绝大部分沿袭宋置，个别州县为新置。金熙宗皇统二年（1142年），金在西宁城置西宁县，属秦州（今天水），隶熙秦路。金宣宗贞祐初年（1213年前后），西夏又占领古会州全境，金迁会州治所于郭蛤蟆城，取名新会州。

　　中国古代的军事防御体系一般是用长城、堡、塞、城池等几种方式构成。北宋由于独特的形成原因，加之北宋时期西北西夏王国的兴起，以及北方的辽、金已在长城内的崛起，故自秦、汉以来修建的长城显然已不能防御北方少数民族南侵的铁骑。为了

西宁城一角（王兴国　拍摄）

战略防御的需要，北宋政府在宋绍圣、崇宁年间，在宋与西夏边境关隘、要冲处先后修筑了50多个堡、塞，会宁西宁古城便是其中之一。但由于历史、自然原因和经费紧张等问题，这座北宋时期的边关军事堡垒却避免不了被风雨冲蚀和人为破坏的厄运。在历近千年的风雨洗礼之后，古城约有1/3坐落在北部的山坡上，从地貌上可分为"山城"与"川城"两个部分。

当初的北宋政权为何要在此处修建这么一座城池呢？

从北宋崇宁年间泾原路经略使章楶修筑西宁城起，西宁古城又先后经历了北宋在此置刺羌城、金人于此置西宁县、被西夏占领、蒙古军大举南下夺取西宁州、元朝将西宁县并入会州、经历大地震和明朝将会宁州降为会宁县管理等5个朝代的战火纷飞和政权更迭时期。

北宋初年，我国西北党项、羌族迅速崛起。公元982年，党

"马上封侯"酱釉瓷人像（来源：甘肃文物）

项贵族内部发生战争，拓跋部首领李继捧率领党项部落投附宋朝，其族弟李继迁（西夏李元昊之祖父）不愿归附，抗宋自立。

公元985年，李继迁联络党项部落攻占会州（据兰州大学刘满先生《白银地区黄河古渡考》认定，会州治所在今白银平川水泉陡城村），并焚毁其城，自此，会州一带成为北宋与党项部落、西夏交战之前沿地，战祸连年不断。

宋神宗元丰四年（1081年），北宋五路大军攻打西夏，今白银市全境沦为宋夏交兵之地。天祐民安六年（1095年），宋朝宰相张惇对西夏从战略进攻改为战略防守，先后在沿边修建城寨，巩固边防。北宋哲宗元符元年（1098年），宋朝从西夏夺回会州地后，次年宋将苗履筑会州城（其城在今靖远县城附近），辖境约当今甘肃靖远、定西、会宁等县地，又于州西南百里筑会州新寨，名会川城，此城即是郭蛤蟆古城（今会宁县郭城）。为了阻止西夏军队的东进，宋哲宗提升渭州（今渭源、武山一带）知州章楶为泾原路经略安抚使。章楶为了阻止西夏军队的入侵，在奏请朝廷同意后，从崇宁五年（1106年）起，用数年时间在今会宁县城东10千米处的两山间修筑了西宁城（时称甘泉堡）。由于此城采用的是由东到西，三城相连的形式，所以西宁城宋时称"三连城""西连城"，依山傍水，北高南低，城墙坚固，气势宏伟，真正起到了一夫当关，万夫莫开的战略要塞作用。

据白银市文物部门提供的信息显示，从城内遗址中发现丰富的灰层堆积，地面暴露大量的瓦片、琉璃瓦兽头残片等遗物可以看出，当年此城建筑的宏伟，州衙署、县衙署的壮观。

此外，人们还从遗址中发现过冶炼过铁的炉渣、炉灰、锈铁块、陶片、青瓷、白瓷、红瓷片，以及北宋"崇宁""熙宁""天佑""祥符"等铜币，也可断定当年这里商业的繁荣与昌盛。文物部门还从城内采集到过两个陶人，一个为红陶横制的坐老翁像，中空，内置小丸，摇时作响，头戴高帽，衣着长袍，长发飘须，面部神态安详，坐长椅上，可见当时人民生活安居乐业的神态和姿势；另一个为双手拱胸的站立侍女像，红陶模制，中空，梳双髻，穿长衫，两手交于胸前站立，可看到当时官府场面或富足人家森严的仪态和姿容。

1994年会宁境内修312国道时，瓮城惨遭破坏，民工在瓮城内挖掘出一把约50斤重的大铁锁，推测是当年锁城门的大铁锁。如今，西宁古城遗址除了被列为"省级文物保护单位"立碑保护之外，还把城外200米范围内列为控制保护地带。

当飞驰的车辆驶过西宁城遗址，不妨用敬畏的眼光去看看它。往往在那一刻，你才能更深刻地体悟历史深处的波澜。

12 陇西川乐楼，涅槃600年

节令快到中秋节，这一天，天空时不时下着小雨。车从水头豁岘绕下去直到陇西川村的硬化路，虽然弯曲但还算好走。穿过村庄时候，一群羊"咩咩"正在前面缓行，羊倌一声鞭响，头羊把队伍领上了一条小路。我把头审出车窗："老乡您好，陇西川乐楼快到了吗？"老乡说："沿着硬化路一直走，就碰上了。但河湾里烂泥很多，估计不好走。"

绕过一个土墩就到了老乡说的河湾。果然因为雨天，蜿蜒着的硬化路上满是泥。看样子是大车走过的，在轮胎的挤压下隆起两行高高的泥巴墙。轿车望而生畏。不是说车到山前必有路吗？为了和乐楼相见，我也拼了。一脚油门，车子扭着屁股蛇形了100多米。终于出来啦，车身已经是换了戎装。之后驶上一段陡坡，蹚过一段水路，再下坡右转时，眼前豁然开朗。对，陇西川村到了。这可不是我想象中的样子，这不是一个村？怎么是一个街道？我寻思着。刚要想乐楼在哪，抬头一看，它出现了！

陇西川乐楼占据在街道的中央，把路从中间劈开，分成两半。显然，在这里乐楼显得尊贵得多。路有很多条，不要说在陇西川，

陇西川乐楼的内部结构及相关题词（张伟军　拍摄）

就是在整个会宁县，像这样的乐楼也出不来第二座。它的稀缺性当然成就了它的尊贵。我先是慢慢地看了一会儿并没有走近。说其雄浑、巍峨、耸立、霸气，还是居高临下……都不是！这些词显然并不适合来形容这座朴素的再不能朴素的乐楼了！街道边上几个男人在下象棋，声音很大，探讨着怎么走炮、放马、飞相……有几个女人说着家长里短，其中一位女人声音甚大，她说到着亲戚家的娃娃不争气、不听话啥的。这么一趟与乐楼的相约，本应该有的专注竟然被几个男人女人"袭扰"了。我心里想，是不是我应该装作很专注。

我慢慢走近乐楼，先是围着它走了一圈，打量着一砖一木。青砖、石碑。一块"重修会宁陇西川乐楼序"出现在眼前。碑文："岁在甲申仲夏月中，各界人士、当地师生两千余众会于山环水抱、钟灵毓秀之古镇陇西川，举行县级文物保护单位，明代古乐楼修缮典礼……"这是在2009年5月1日镌立的纪念碑。上面还刻有资助单位、人名等。我想，600年来，这次重修是对乐楼文脉的赓续，

陇西川乐楼的飞檐（张伟军　拍摄）

对历史最崇高地敬畏。

　　根据乐楼梁上"元明二年"火印可知，乐楼始建于明洪武二年（1369年），曾于清乾隆四十八年（1783年）复修，民国九年（1920年）地震后重修，1977年又一次维修。其历经650年屹立不倒，为一方百姓带来文化的启迪和盛宴。它是村居百姓精神家园的载体之一。当然，乐楼是走出陇西川的。它影响着一个大区域的文化气象。

　　陇西川乐楼为砖木结构，飞檐层叠，出阁架斗，四角凌空，坐北向南。整个建筑由前后台两部分组成。后台部分为硬山顶式，前台部分为歇山顶卷棚顶式，面宽6.5米，进深8米，台高2米，楼高4米。台面木板铺就，两侧有文武场，为雕花栏杆所隔，后又为木板墙。两侧有出将入相2门，四周24根立柱，土架36根横梁。乐楼正中悬"陇镇雅视"匾额。整个建筑机构严谨、精工细雕、古朴典雅。

　　1935年，中国工农红军在长征途经陇西川时，曾利用该乐楼举行抗日联欢活动，宣传革命道理，播撒革命火种，陇西川乐楼由此而声名远播，引来八方游客。1988年，其被列为县级文物保护单位。在陇西川还拍摄过《守信少年》《丫丫的夏》《大会师》等相关影视剧。正因为它深厚的历史文化内涵，这里的风物都充满一种特别的力量，镜头语言自然也有一种特别的魅力。

陇西川乐楼里面的四条屏（张伟军　拍摄）

2023年9月27日，本书作者专程拜谒陇西川乐楼（张伟军　拍摄）

600多年，历经4次修缮。陇西川乐楼依然留存了下来。它用平凡的守候听着街道上人们的家长里短，陇西川百姓的喜怒哀乐，烙印着每一个对它充满好奇的人的触摸，它无惧风霜，纳峥嵘岁月，展朴素之态，彰历史风华。从它身旁走过，就一下子走过了600多年。这还不够，它应该还有无数个600多年……在这里，你无需专注，也无需另类。在历史的沧海桑田中，你我皆为过客。但对于历史的尊重和敬畏，对自己作为华夏儿女的自豪感，才应该是站在这里最激情澎湃的。就好比那条蜿蜒着的河，向前，向前，蜿蜒，再蜿蜒。历史的传承，就是因为人的生生不息。

我登上乐楼，环顾四周。像一个几百年前登上这座乐楼的孩子一样，看着眼前的景象，畅想着未来的模样，不知历史怎样开先河，不知岁月怎样换容颜。没承想一下子到了600年之后，在中国文化史上的第六个千年。

21世纪，足够煊赫和伟大。这个世纪，可以满足你的任何想象，中国创造、中国速度、中国航天、中国技术、中国医药、中国故事、中国文化……中国，跻身世界民族之林，引领新世纪新的"一带一路"，新的"中国梦"，新的"世界梦"……

13 青江驿，历史的一骑绝尘

　　青江驿的文化地位在甘肃独树一帜，具有十分鲜明的关城特色、驿站职能。真可谓，历史驿关的一骑绝尘。它曾经不论繁华还是凋敝，都以"要冲"之绝，跌进历史深渊，留下让我们追忆和思考的零星碎片。是啊，不就是这样的"绝尘"才夯筑了中华文明宏伟的大厦之基吗。

　　青江驿，史称寒陵关，是全国少见的驿关合一的关城驿站。

青江驿是汉武帝西临祖厉的首善之地，是明代会宁的四大古驿之一，是会宁县的东大门
（张伟军　拍摄）

青江驿又称寒陵关，这些突兀的土崖似乎还诉说着历史的沧桑与果敢（张伟军　拍摄）

它是汉武帝西临祖厉的必经之地，是明代会宁的四大古驿之一，是会宁县的东大门。

今天残存的土崖墙体如果相互勾连起来，可以想象当时青江驿作为驿关的宏大和关键。我沿着其由"残存"连接起来的大致轮廓，寻找历史深处的记忆，但现存史料并不足以廓清它的繁荣和冷寂。在一个大土墩豁口中间，现代工业文明的电缆已经穿其而过。再风光的历史存在似乎也经不住历史长河的涤荡。

这里，显然是一个既开放又封闭的区域。说开放，其通西安、平凉。古时候的"中大路"这里是必经之路。说封闭，这里三面环山，显然是军事之要塞。除了大山的围截之外，这里在历史上本是三面筑城，一面临河（青江驿河）。1920年，海原大地震之后，这里发生了巨大地理突变。城墙已然不见，巨型山体位移，形成堰塞湖。青江驿之"江"的背后是地球颤抖之后的疼痛。这个听起来美妙的名字，藏着历史深处的崩塌。

十年前，我看过一张照片，据说是1910年，一位出生在澳

1920年，海原大地震之后，这里发生了巨大地理突变（张伟军　拍摄）

大利亚的苏格兰人乔治·沃尼斯特·莫理循（1862年2月4日—1920年5月30日）拍的。这个人曾任《泰晤士报》驻华首席记者（1897—1912），中华民国总统政治顾问（1912—1920）。他是一位与近代中国关系密切的旅行家及政治家。他从平凉经青江驿时，拍下了一组反映青江驿客栈生活的照片。照片里站着3个马车夫，院内停着多辆马车。不过，我注意看了下照片里不光有马车，还有驴车。马（驴）车夫们的眼神和当时驿站的荒凉，把这个驿关衬托得格外"醒目"。那似乎是一个民族觉醒抑或崛起之前的寂静。

1935年10月，由红一方面军改编的陕甘支队第二纵队创建了白银地区最早的地方红色政权——青江驿苏维埃政府。在驻扎青江驿期间，红军部队主动帮助当地群众收粮、挑水，当地群众也积极为部队筹集粮草、侦察敌情。红军领导在下街周富奎家住宿，留下了"毛婆店中的小木箱"等军民情深的美好故事。

这个村子与生俱来，有着与历史贴合的命运和呼应。

青江驿客栈生活的照片（资料图片）

　　1978年，18位农民以"托孤"的方式，冒着极大的风险，立下生死状，在土地承包责任书上按下了红手印，创造了"小岗精神"，拉开了中国改革开放的序幕。此事件犹如一声春雷，唤醒了沉睡的中国大地。而就在那时，会宁县的青江公社也率先在当地搞起了"多划自留地、包产到户"，成为甘肃农村改革的先进典型。它下辖青江驿、代家湾等8个大队。1983年，青江公社改为青江驿乡，原来的大队改为村。2005年，青江驿乡撤乡并入太平店镇。

　　"生产靠贷款，生活靠救济，吃粮靠返销"是20世纪80年代的生活写照。原青江公社党委书记唐俊英曾经接受媒体采访时说："一年收成仅够吃3个月，其他9个月要吃国家救济粮。'大锅饭''八两粮'把人吃懒了，心吃散了。""挖野菜、吃糟糠充饥，艰难度日的情形不时地浮现在我眼前。""没有上级文件，没有批示，多划自留地，就是违背政策。"怎么办？当时的唐俊英在心里展开了激烈斗争。1978年7月，唐俊英果断做出决定：给全公社每个社员划分1亩自留地。但按当时的政策，每个社员只能划3分至4分地，多划自留地的做法一时在青江炸开了锅。

乔治·沃尼斯特·莫理循（360百科）

当年，平均每亩自留地产出粮食200多斤，基本能够解决一个人半年的口粮。尝到了多划自留地的甜头后，群众务农的积极性空前高涨，这也更加坚定了唐俊英的想法：唯有改革才有活路。要改就改个彻底——"包产到户"。为此，唐俊英多次在公社大会上力排众议，并在最后一次干部大会上明确宣布：在青江公社62个生产队全面实行包产到户的农业生产责任制。这一消息不胫而走，让全公社群众精神为之一振。

1979年冬，唐俊英带领社队干部和乡亲们商量筹划包干、丈量地块、搭配分地、分发农具牲畜等"群众盼着干"的大事。

20世纪80年代的第一个春天，家家户户忙于备耕、春耕，发展生产的火热激情顿时在青江大地点燃。这一年，政策好，人努力，气候好，青江公社的夏粮获得了大丰收，人均产粮达到1000多斤，创造了历史上夏粮产粮的最高水平，总产和单产都比往年增长了一倍以上。

1980年7月，中共会宁县委发布了《关于实行包产到户责任制的意见》文件，这时候，青江公社已经成为全县农村体制改革的先进典型，被誉为甘肃省的"小岗村"。

从当初的包产到户到如今的集中土地、盘活土地资源，代家湾村的历史与今天，无疑是对"依靠人民推动改革、改革成果惠及人民"的最有力的诠释和最生动的写照。饱享"改革成果"，好日子越来越有奔头。如今的"青江"，思想不断解放，改革逐步深化，广大群众对未来的生活充满了信心。这里也是一方历史深厚的黄土地。

青江驿的历史可追溯到公元前112年。汉武帝"西临祖厉而还"。汉武帝西临祖厉前曾登上平凉崆峒山，经过青江驿。据说，成吉思汗也曾经从青江驿过境，从会宁向六盘山而去。传说金哀宗完颜守绪正大三年（1226年），一代天骄成吉思汗在征伐西夏时，遇天气酷燥，曾上山避暑，并留有"大汗拴马树"于戏楼侧。后遂建元塔"罗罗王塔"。清道光二十二年（1842年）七月二十二，林则徐路过青江驿时曾住宿一晚，还表扬了青江驿行馆。林则徐《荷戈纪程》记载："又五里青家驿，宿。此地有堡城，行馆在堡内，颇新洁。"由于"巩郡首驿"青江驿是明、清以来甘肃的重要驿站，所以，也是历代文人墨客吟诗作赋的重要地方。左宗棠曾题青江驿桥"利济桥"，并广植"左公柳"。明洪武十年（1377年），青江驿最初设置时叫青家驿，与会宁县治所由西宁城迁于今会宁县城同期。明正统年间建成驿城，即驿所早于驿城60年左右。清乾隆二十年（1755年）裁驿，驿所存在了378年。民国时改地名为青江驿，青江（家）驿地名延续了600多年。

清末·俞明震《朝发青家驿》：

> 与子长安来，一月已过半。
> 朝发青家驿，畏途愁日晏。

悬车下绝壁，浊流倏弥漫。
飞鸟到来深，颓云匿不散。
槎枒生地穴，破碎撑霄汉。
仰望白日乾，俯穿泥没骭。
车从涧底行，心与悬岩乱。
出险眼渐明，停鞭指行馆。
酒注肝肺热，深谈复达旦。
新机万弩发，势若水澎湃。
方舆自风气，朝报成断烂。
欲通江海情，孰与置邮传。
忽忆去年游，湖亭沦茗碗。
今夕复何夕，风沙满庭院。

明人赵完璧于1550年前后，经青家驿，留诗几行：

宿青家驿

古驿萧条独宿时，悲风吹动故乡思。
疏灯半夜窗前暗，残漏孤城月下迟。
人为浮名来绝塞，书因遥阻到无期。
梦魂忽忽惊寒榻，唱彻鸡声又路岐。

青家驿晓发

肩舆清晓出山城，塞上风烟怆客情。
日畔旌旗微有色，霜中鼙鼓暗无声。

　　凝寒割面重裘薄，晚节忘身一羽轻。

　　多病不堪劳远役，羞将药裹伴微名。

　　从诗中"绝塞""塞上""孤城""山城"等词语描述的情景来看，当时的青家驿，有城池、有关防、有驿站、有巡检司、有递运所，俨然一座重镇。

　　为什么说青江驿是甘肃第一驿站呢？

　　"甘凉孔道，巩郡首驿"出自清道光十一年（1831年）楚南毕莫阶纂修的《会宁县志》，原文："青家驿，即古寒陵关。东自界守铺入峡，两面高山屹立，蜿蜒三十里，有关隘形势。前代皆名'青家镇'，明因之。又名'青家所'。国初改为驿。其城半跨东崖山，周围三里九十余步。东西二门。东接静宁西至县治，皆九十里。为甘凉孔道，巩郡首驿。""巩郡首驿"就是指明代甘肃从东到西的第一个驿站。"甘凉"，具体指甘州、凉州，即河西走廊之张掖、武威等地，这里代指甘肃，也明确指出了青江驿就是河东（会宁）连接河西的驿站。"巩郡"指巩昌郡（陇西郡），隶陕西行中书省。

　　"甘凉孔道"，是从长安进入甘肃，通过青江驿、经过陇中、进入河西走廊，再进入新疆的道路。

14 甘沟驿城，蛰伏五百年

　　站在古驿墙头，感叹岁月流逝；寻着百年古道，看岁月的叠翠变迁。蛰伏500多年的古驿路，究竟能沉淀着怎样的岁月流变。每次经过古城旁，能感受到沧桑斑驳里，藏着的雄浑和伟岸。

　　甘沟驿镇的明代驿城遗址是迄今为止会宁境内保存比较完整的驿城。城平面呈四方形，长200米，宽140米，面积约2800平方米。此城筑于明正统五年（1440年），为明代驿城，是会宁通向靖远的一处重要驿站。2011年，甘肃省人民政府将其列为省级文物保护单位。作为丝绸之路上的瑰宝，会宁甘沟驿古城的历史价值不言而喻。明代时期这里是连接靖会两县的重要驿站之一，为当时的政治和军事活动提供了重要的交通保障，也为商业和物资流通提供了便利。古驿站有着丰富的历史和文化底蕴，对于探究古代交通发展和经济繁荣有着重要的见证意义。

　　有资料记载，甘沟以前不叫甘沟，而叫干沟。1922年，才更名为甘沟，言下之意就是期盼能够有甘甜水源，润泽一方。因而古籍中多写为"乾沟驿"。这是繁体字的缘故，在繁体字中"干"字，要对应"乹、乾、乾"3个字。乾坤的乾有两个读音，一个

甘沟驿镇，远眺可以望见甘沟驿古城（周新刚　拍摄）

自然是乾（qian）坤，另一个就是乾（gan）有干涸之意。这里自然是干涸之意。

《明会要》《读史方舆纪要》等古籍中记载："马六匹，年支银五十多两。清初马增至二十匹，伕十三人。又设甘沟递运所，伕二十名，甘沟驿南距保宁驿九十里。""县治东有保宁驿，县北九十里有乾沟驿。又北九十里为郭城驿。"可见，甘沟驿古城

的价值远比人们想象的要大。

　　明代文人赵完璧曾经为甘肃的驿站写过不少诗词，涉及会宁的就有5首：《青家驿晓发》《宿青家驿》《次韵岁寒亭》《月夜会宁县道中》《乾沟驿道中》。其中的《乾沟驿道中》就是写甘沟驿古城的。

乾沟驿道中

迢递秦川合断肠，病躯白发日仓皇。
黄云渺渺望不极，紫塞茫茫情自伤。
淅沥高风初作凛，朣胧冷月尚含光。
山城半夜无灯火，调尽霜茄漏正长。

从该诗篇中，我们可以感受到当时驿路古城的荒凉和凋敝。

大明王朝善于修筑城池边墙，修建于明代的甘沟驿，城墙高大，设施完善，说明了它的重要性，有人疑惑，这座驿站并不在兰州、榆中、定西、西巩驿、静宁、平凉这条交通大动脉上，仅仅是会宁通往靖远道路上的两座驿站之一，另外一座是郭城驿。既然不在交通大动脉上，为何要修这样一座驿站呢？

有人士分析认为，甘沟驿驿站的设立和明代靖虏卫的设置密不可分。靖虏卫设立于明正统二年，它首任卫指挥使是房贵，靖虏卫城所在地就在今天靖远县城一带。靖远人都知道"先有房家人，后有靖远城"的俗语。房家人就是兴建了靖远城的房贵及其家人部属。房贵是明代庐州府合肥县（今安徽省合肥市）人，曾任宁夏卫指挥使，正统二年（1437年），主持修建靖虏卫城。

从区位优势上讲，靖远地处十字路口，北可达宁夏蒙古；南则达青海；东抵平凉关中；西往河西。明初，靖远驻扎军队非常少，只能在一些渡口要地设防，可冬季游牧民族的骑兵踏冰而来，整个靖会地区的防线就漏洞百出了。严重时，游牧民族骑兵竟然从景泰石林一带踏冰过黄河，分道抄掠，直逼平凉，关中也受到了惊扰。明政府不得不加强黄河沿线的防守。

明正统二年（1437年），在靖远设立靖虏卫，由房贵担任首任指挥使，负责防守。整个靖虏卫东自干盐池城北至芦塘堡共有城堡15座，边墙200余里，这些边墙，坚固异常，即便到康熙三十三年（1694年）时，还有120里长的边墙。

有了卫城，驻防了大批军队，那么就必须保证部队的粮饷通道和军情传递，连接陕甘大道是第一选择。于是，人们整修了会宁和靖远之间的驿道，以确保通信。其时，会宁属巩昌府管辖，隶属地方管理体系，而靖虏卫则是军方卫所体制中，肩负着守卫黄河，防备游牧民族骑兵，南下东犯的任务。

人们不仅整修了会宁到靖远之间的大道，还设立相当完备的邮驿体系。至今会宁靖远之间还保存着大量的以铺为名的地方，会宁有十里铺、二十里铺、四十里铺、五十里铺、六十里铺、苟家铺等等，而在靖远则有二十里铺等。这些铺就是为传递紧急军情而设立的急递铺，在这条古道上，身背小旗的信使，往来不断。仅有急递铺是无法满足军方的需求的，转运军粮武器的递运所也是必不可少的。故而甘沟驿站内，急递铺、递运所、驿站三位一体，城池才修筑得高大坚固，外带瓮城。

一座古驿城，半个千年的历史沉淀。今天，虽然很多人不再打量它本来的面目，但仅仅知道就足以聊慰古驿的风尘。

15 郭城驿，文化的"加"与"持"

郭城驿镇是会宁县的北大门。改革开放以来，它一直是会宁北部经济社会发展的"连接点"。

这个镇上有着很多大城市该有的服务主体和时尚元素：现代化住宅小区、星级酒店、大型购物广场、火锅店、形体美容养生馆、四通八达的道路网、图书馆、各类小吃店、林立着牛肉面馆、直播的网红以及跳广场舞的大妈……郭城，就是与众不同。生活在这里的人们，精气神十足，骨子里充满自信，他们认为"郭城人"的思想超前，脑袋灵光，不同凡响。一个如此繁华的乡镇，离不开它的气度和胸襟。

20世纪八九十年代，迁移到郭城驿镇的很多外来人都受到了该有的礼遇。今天，这些外来户早把郭城当成了"家"。

从区位优势上来说，郭城驿镇地处靖会之间，它是靖会电灌工程的主要受益地带，农业的保收优势和小城镇的辐射作用，形成了区域特色较显明的建材市场、农贸市场、布匹市场、蔬菜市场、小杂粮市场。

过去的一些年，在会宁"城镇建设三点一线"体系中，它成

郭城晨曦（林红卫　拍摄）

为会宁县最重要的集镇，会宁北部文化、经济中心，全县最大的乡镇企业基地和农副产品贸易基地，所形成的"洼地效应"，正在成为带动整个会宁县北部经济崛起和腾飞的增长极。因为它自身良好的自然禀赋，其产业化程度比它乡镇要高凸很多。因为土质肥沃，平整开阔，气温、降水、日照等气候因子配合良好，全域内的农、林、牧、副产业等取得了全面发展。很多人不知道的是，祖厉河郭城驿水文站是国家重要站，站址以上河长142千米，干流平均坡降2.55‰，流域面积5473平方千米，是中部干旱黄土山区水文区域代表站。

近10年，郭城驿镇一个叫红堡子的村总是高频率地出现在公众视野。2018年，它已经蝉联三届"全国文明村"的称号。

在过去的40年中，商贸产业不光给当地百姓带来了优质生活，更撬开了百姓发家致富的脑门。丰泰农副产品购销合作社的负责人叫梁旭光，他父亲一辈子和供销、购销打交道。在传统购销市场逐渐疲软的情况下，他早已在转型中求得新的突破。那些年，有名的"黑瓜子"吃了市场一个大亏。他说，不转型就死路一条。但如何转，是一个需要思考的问题。改革开放40年以来，"黑瓜子"为该村的发展起到过巨大的推动作用。鼎盛时期，该村大型购销合作社达到了40多家，带动了400至500户购销农户。而今，梁旭光准备打"商标战"，他说过去10多年里，我们这个群体最得不偿失的地方就是没有在乎商标，没有在乎品牌。这个村，和梁旭光一样的经营者还有很多。从市场需求变化到经营者的观念改变始终在催生着该村的发展。原来的黑瓜子产业有了很多的续带产业，而以"产业兴村"的红堡子显然还有很多底牌。"能人+文人"治村已经成了红堡子村的一个经典"名片"。新时代，新时期的村经济发展，他们认为这个不能丢。

从一个村就可以看到一个镇的底蕴。红堡子连着镇政府所在地新堡子。从各方面来看，两个"堡子"一样的优秀。它们带动了其他各村的产业发展。做商贸，郭城驿镇的老百姓是认真的，是有着优良传统的。不论是历史上还是现在，郭城驿镇的整个文化氛围给人的感觉是开放、包容、引进、接纳。我想，正是因为这些在很多人眼里看似不起眼的"虚套套"才成就了它在会宁北部乡镇中的"鳌头"地位。

郭城驿镇，是被很多光环照耀着的。它是白银市历史文化重镇、白银市丝绸之路重镇、白银市古代军事文化重镇、会宁县红色文化重镇、会宁县祖厉河文化节点重镇。郭城驿有着得天独厚旅游资源，其向外延伸有乌兰关、草桥关、清凉山以及乌兰县城、古驿城、云鹤桥、百年老校，以及万宝成、王瀚、黑虎赵三大家族等组成。再延伸，包括铁木山、关川河等无数城、寨、户、所、堡、卫、帑、关、道、营、驿、台遗址和红色文化、蒙元代遗民文化、丝绸之路文化、湿地文化以及十九城十八堡五个烽火台两座治城等文化景观。这些景观涵盖了历史、民族、宗教、遗民、风物、文化艺术、自然风景、地方特产等全面的文化财富和文化资源。

郭城驿镇，明正统以前属靖虏卫。清代属靖远县。民国时期

郭城驿镇（周新刚　拍摄）

仍属靖远县。民国十一年（1922年）设郭城驿区，后分别属第六区、第四区、第三区等。民国二十九年（1940年），设郭城乡。1949年，会宁县人民政府成立，郭城驿划归会宁。1950年属第五区，区公所在河畔。之后，分别属第五区、第九区、第十五区等。1957年，设郭城乡。1958年，设郭城人民公社。1983年，恢复郭城驿乡称谓。2000年，撤乡建镇，名郭城驿镇，至今。

先秦时期，蒙恬临河筑四十四城，郭城驿境内筑祖厉城，曰：祖厉古城，公元前259年—前210年筑，位于大羊营村，距今2200多年，是白银市境内最早的古城。公元前114年（汉武帝元鼎三年），会宁境内置祖厉县，隶安定郡，治所大羊营村，是白银境内最早设置的3个县之一。1936年红军过境会宁，在郭城驿红堡子活动了52天。有著名的红堡子战斗——1936年10月6日，驻防靖远县城的国民党军新一军十旅旅长李贵清派团长王五田率部袭击红军，被红军一举击溃。王五田率残部逃到靖远县大芦子，又被红军七十三师夹击，除王五田及随身少数残兵逃回靖远县城外，其余全部被歼灭。

郭城驿镇，文化的"加"带来了全域性产业竞争力的提升；文化的"持"让郭城驿镇百姓有了握在手中的自信，走上了多元化的致富发展路。

16   消失的草桥关

"草桥关"这个名字给我的第一感觉是带着萧瑟和浪漫的。不知道为什么，我总把类似的地方记得比较清楚。可能是因为大西北的水土让我在地名感知上有了"偏见"。站在祖厉河蜿蜒处的河畔峡门，就可以联想到曾经横亘祖厉河两岸的草桥关。

为什么说是想象了，因为草桥关的历史没有明确的记载。它的历史都在老百姓祖祖辈辈的口口相传中。

我的高中文科班语文老师郑凤贤整理过关于草桥关的一则传说。

元末明初的时候，明朝大将徐达率领兵马在陇西一仗打败了蒙古大军，接着来了个火烧连营，一把大火从陇西城一直烧到大漠，这样元朝残部没有战死也被烧死了。但是还总有一部分借助山沟地形逃脱了。这些没有被消灭的元残兵就在陇上一带掳掠百姓，烧杀抢劫。

明太祖朱元璋听到元胡窜犯陇上，就命大将军徐达再次率军出征，必肃清元军残部。且说徐达大军到了陇上，分兵各路追击，元军残部所剩无几。但是有一股残匪骑马流窜，飘忽不定，总是

草桥关的历史故事就和这条河有关（周新刚　拍摄）

清除不了。有一天，元军残部窜犯陇东粮仓董子塬，被徐达大军包围聚歼。有一股悍匪逃出包围圈向西一路逃窜，徐达派出精兵追赶，连续追了四五天还是没有追上。这时候天空乌云翻滚，电闪雷鸣，不一会儿就下起了瓢泼大雨。就在这时，明军追击元军残匪到达祖厉河边，远远地已能看见蒙古兵卒的马匹。徐将军不敢因为天下雨而让军队停下来，就下令继续追击。可是到达祖厉河岸边时，看到元军残部已经逃过河去，沿对岸川道往北逃窜。这时候因为暴雨，祖厉河水猛涨，原来浅浅一线清流变成了奔腾咆哮，猛浪湍飞的巨川。前面的兵卒中已经有人不小心被疯狂的洪流卷走。这时候徐达赶到岸边，眼看残匪遁逃，大军被洪流阻挡不能继续追击。

就在这时，忽然有士兵来报告说，在下游不远的河谷中，从上游冲下来的泥草树木，还有顺流而下的橡梆檩条聚集起来，在水面上搭成一个桥。徐达还不相信，就策马去看。结果翻越几道山梁就看到祖厉河上东西岸之间确实形成一座草木泥水搭起的桥，而且随着浑浊的水流下泻，还不断有水中悬浮的浪柴泥草树枝木头之类搭到桥上。徐达看了看，心想，虽然形成了一座桥，可是这桥不稳固，随时有垮塌的可能，不要说过兵马，连一个单人恐怕都过不去。

就在这时候有勇敢的士兵已经扛着大枪，走上那个草桥，开始试探能不能通过人。眼看着第一个过去了，第二个过去了，接连过去了好几个，有位军校试探着骑马过桥，也过去了，看来这水流中的悬浮物自然搭成的桥是稳固的。徐达一声令下，大军列队依次过桥，继续追击元军残部。残军以为暴涨的河水挽救了他们，哪料到明军顺利渡河追击，结果就在他们要安营驻扎的时候，明军赶到，全部歼灭。从此陇右河套一带黄河以南地区的元军残部被全部肃清，大明江山站稳了根基。

再说明军通过后自然形成的草桥就保留下来，很长一段时间都是连通祖厉河两岸的通道。后来明朝将领看这个地方形势险要，为防备元军河套一带的残部越过黄河进犯陇右，就在此地修筑了一个驻兵防守的关卡，命名草桥关。到现在出韩家砭河谷的地方仍然叫草桥关。出河谷口进入河畔镇的川道里有个寺院也叫草桥寺。

2012年，学者贠守勤先生到草桥关，有感而发，题诗一首：

> 人物调研北续南，草桥关下望岿然。
> 不见当年铠甲阵，似闻战鼓声犹酣。

关于草桥关，还有一个典故。

传说唐朝大将郭子仪奉命领兵西征，一天先遭部队翻越韩家山到了草桥关的一沟边，突然狂风大起，乌云滚忽而倾盆大雨山洪暴发阻往前行之路。幸亏这里树木丛草遍长，部队只好停止下来，用树草搭棚，住宿待命。郭子仪得知此事后，火速传令，先向三国名将关圣帝君祈祷，再用树草架桥渡沟，当即风停云散，雨至天晴。部队把树枝丛草架在沟上成了一座坚固的桥，部队和郭子仪顺利通过。事后郭子仪差人在此为关圣帝君重新扩建了寺庙。以此，人们把庙称为草桥关寺，这个地方也叫成草桥关了。

17 西兰公路，会宁南缘的大动脉

有路的山巅，人就有了攀爬的勇气。在人心里，路和生命有关。

西兰公路是蜿蜒在会宁南部边缘的一条大动脉，全程长700余千米，从西安到兰州。很多人也说，它是备战路。我想，只要是路它都承载这个功能。路是国家的，人民的。路自然有其"备战"使命。

会宁自古就是区位优势的叠加地带。秦始皇西巡，自狄道［甘肃省临洮县是"陇西李氏"祖籍地，"李唐故里"。周之前称陇西邑，战国、秦称狄道。公元前279年，秦昭王始设陇西郡，郡治就在狄道（今甘肃省临洮县）］经榆中、定西、会宁、静宁，到达北地郡义渠，返回咸阳。汉武帝西巡，经陕西凤翔，越六盘山，西行至祖厉而还。

清同治十一年（1872年），陕甘总督左宗棠征发民工两万多人，军民一道修筑西兰大道，沿途栽植杨柳，俗称"左公柳"。植树曾经是修路的一部分。1927年，在西兰大道的基础上，经过军民多次整修，勉强通车。据说，这是甘肃最早修建的公路。1929年，西兰公路工程全线竣工。它从静宁界石铺西南方向由杨集镇刘咀

蜿蜒在华家岭的西兰大道（周新刚　拍摄）

村进入会宁境内，一条经过杨崖集镇、党家岘乡、侯家川镇、新
添堡乡、中川镇、丁沟镇，一直沿会宁南部边缘，从丁沟镇慢湾
村进入定西境。这一条路线经过华家岭主峰的北面，但仍然属于
华家岭的一部分。一条沿杨崖集镇、党家岘乡、侯家川镇、新添
堡乡，从中川镇的三条岘村向南进入通渭境。这一条路线从慢湾
村出会宁界，经过华家岭主峰向南延伸。

　　在《茅盾散文集》卷四《战时生活剪影》中，有一篇专门写"西
兰公路"的。

　　"西兰公路"在1938年还是有名的"稀烂公路"。现在（1940
年）这一条700多千米的汽车路，说一句公道话，实在不错。这
是西北公路局的"德政"。现在，这叫做兰西公路。在这条公路上，
每天通过无数的客车、货车、军车，还有更多的胶皮轮的骡马大车。

旧式的木轮大车，不许在公路上行走，到处有布告。这是为的保护路面。所谓胶皮轮的骡马大车，就是利用卡车的废胎，装在旧式大车上，三匹牲口拉，牲口有骡有马，也有骡马杂用，甚至两骡夹一牛。今天西北，汽油真好比血，有钱没买处；走了门路买到的话，六七十元一加仑。胶皮轮的骡马大车于是成为公路上的骄子。米、麦粉、布匹、盐……以及其他日用品，都赖它们转运。据说这样的胶皮轮大车，现在也得2000多块钱一乘，光是一对旧轮胎就去了八九百。公路上来回一趟，起码得一个月工夫，光是牲口的饲料，每头每天也得一块钱。如果依照迪化一般副官勤务们的"逻辑"，五骑马拉的大车，载重就是5000斤，那么，西兰公路上的骡马大车就该载重3000斤了。三乘大车就等于一辆载货汽车，牲口的饲料若以来回一趟三百元计算，再加车夫的食宿薪酬共约计700，差不多花了1000元就可以把3吨货物在兰西公路上来回运这么一趟，这比汽车实在便宜了6倍之多。

但是汽车夫却不大欢喜这些骡马大车，为的它们常常梗阻了道路，尤其是在翻过那高峻的六盘山的时候，要是在弯路上顶头碰到这么一长串的骡马大车，委实是"伤脑筋"的事。也许因为大多数的骡马是刚从田间来的"土包子"，它们见了汽车就惊骇，很费了手脚才能控制。

他在文章中还写道：华家岭上是经常天气恶劣的。这是高原上一条山岗，海拔五六千尺，从兰州出发时人们穿夹衣，到这里就得穿棉衣……六七月的时候，这里还常常下雪，有时，上午还是好太阳，下午突然雨雪霏霏了，下雪后，那黄土作基的公路，便给你颜色看，泞滑还是小事，最难对付的是"蹈"，后轮陷下去，成了一条槽，开上"头挡排"，引擎是"呜呜"地痛苦地呻

风雪华家岭（周新刚　拍摄）

吟，费油自不必说，但后轮切不着地面，只在悬空飞转。这时候，只有一个前途：进退两难。

张恨水的散文《谁都头痛的华家岭》中这样说："公路就在这不高的山岗子上。这山岗，土人叫梁子，没有一棵树，没有一滴水，自然，没有一户人家。"

茅盾、张恨水，还有很多文人墨客都因为这条路而留下了关于华家岭的记忆。他们的笔端都是那个时代西兰公路的写照。华家岭山脉一定程度上也塑造了会宁的独特自然气候、地理存在。

可见，西兰公路不论是过去还是现在，仍然是会宁南部一条重要的通道。它让物流畅通，让信息交流，使文化行走。

18　郭蛤蟆与他战死的城

人民为了纪念这位民族英雄，将城以他的名字命之。这样，城就有了一种精神。在中国历史上不乏这样的例子。比如，我们比较熟悉的有中山市、茂名市、尚志市、秦皇岛、任丘市、黄骅市、志丹县、靖宇县、微山县、禹州市、清丰县等。这些城市的背后都站着一个"大写"的人。这充分说明这些城市对历史名人及历史文化的尊重，也展示了中国历史和文化多样性，更体现了中国人民深深的民族认同感。

800年前，中国历史上金宣宗在位的时候，郭蛤蟆与他的哥哥郭禄大因为善于拔弓射箭应募从军。1217年，郭禄大立下战功，被朝廷授予同知平凉府事、兼会州刺史，赐姓颜盏，镇守会州。这时候，郭蛤蟆随兄在会州军中。再后来，他的哥哥被敌军杀死于牢中，他伺机逃出。在接下来的20年当中，大概在1236年之前，郭蛤蟆与西夏、蒙古来犯之敌打了无数仗，胜了无数仗。可是没想到的是，1236年是他抗敌史上最悲惨的一年，也是名垂青史的一年。这一年，蒙古大军攻城，郭蛤蟆决心死战到底。终寡不敌众，45岁的他自焚殉国。他的家眷、兵士的遗骨随着熊熊战火自此就

郭蛤蟆城（360百科）

埋在了这里。不灭的却是郭蛤蟆奋勇抗敌、顽守孤城的英雄气概和宁死不屈、忠君爱国的英雄气节。1993年，这里被甘肃省人民政府公布为第五批省级文物保护单位。

今天位于会宁县郭城驿镇新堡子村西北的郭蛤蟆城看不出来有多少的巍峨和雄浑，但正是因为它的不起眼反而凸显着这座城在几百年前的惨不忍睹。

据记载，郭蛤蟆城有内、外城，城郭外围均有壕沟，东部城外筑南北向墙垣，垣外掘壕。内城南北长480米、东西宽260米，南、北两墙开门，有瓮城。城墙夯筑，基宽10米，顶宽2米，残高3～10米，夯层厚0.08～0.1米。城西半部已被祖厉河冲毁。曾发掘出窖址、铜镜、古钱币、金代酱釉瓜棱执壶、叶形龟鹤仙人纹带柄铜镜等。城内地面散见宋瓷、砖瓦残片。该城址对研究金史有重要价值。郭蛤蟆城不仅是金王朝最后灭亡的一座城池，更标志着金王朝在历史上的彻底结束。它的存在，不仅对研究宋、金和西夏的边境史、边贸史等具有重要的历史价值和科学研究价值，而且对丰富地方旅游资源，推动地方经济发展起到一定的积极作用。

郭蛤蟆城出土的文物

历史上有些人对他作了评价。

金哀宗（1198年9月25日—1234年2月9日），原名完颜守绪，金国第九位皇帝，曾评价郭蛤蟆："卿武艺超绝。"

宋末元初著名大儒郝经评价说："不援西夏弃燕都，本根颠蹶藩篱疏。

郭蛤蟆画像（360百科）

不都长安都汴梁，为爱青屋能久长。陇上豪山山西将，忧国无言意惆怅。中兴不居用武地，君臣苟且吾何望？郭公堂堂性忠勇，自拒洮河保秦巩。数年尚得建行台，金城坚牢华岳耸。谁知自报小关捷，总倚潼关为守厄。浑将梁宋作龟兹，便视秦凉等吴越。西州渐孤敌渐多，四郊皆垒奈敌何？将军百战气尤壮，头颅掷血为洗戈。野无战地始乘城，城倾堞圮接短兵。先将妻子置草围，坐束万矢着死争。镞筈相衔如雨注，敌人却走不敢顾。弯弓入围始自焚，飞矢出围浑燎羽。灰飞城陷力始竭，贤王立祠称壮烈。王师十万下马拜，竞捽马鞭声咄喈。黄河都为苦泪流，陇山自此无颜色。峨峨大将节，凛凛死国名，英灵在天为列星。只应汝南破灭时，却从烟焰见天兴。臣自焚，各得死所古未闻！"

《金史》写道："公卿大夫居其位，食其禄，国家有难，在朝者死其官，守郡邑者死城郭，治军旅者死行阵，市井草野之臣发愤而死，皆其所也。故死得其所，则所欲有甚于生者焉。"

我想，如果成了民族英雄，那么注定他跨马拉弓，血溅三尺的古城必然也成了英雄的城池。就算是普通的兵士，只要是在一个共同的理想信念之下而赴死的，为民族大义而赴汤蹈火的，都会被写进一个民族的大历史。更何况，郭蛤蟆是如此的典型。我们在说英雄，也说英雄的城。这两者往往是构建在一起的，只要英雄的故事一直传承，城池被赋予的意义就永远存在。是人、是人民在创造历史。历史就应该是人民书写的，人民心中的历史，人民心中的英雄是充满光辉并永垂不朽的。

19 老人沟，史前文明的光

毋庸置疑，从玩石头到玩泥巴，是人类文明一次伟大的跳跃。人类第一次改变了自然材料的物理属性，通过水与火，让土变成了陶。于是在历史的地平线上，第一缕人类文明的曙光开始升腾。

老人沟这个地方对于很多人来说比较陌生，毕竟它只是坐落在丁家沟镇的一个小村落。但它在考古学家这里却是一个很出彩的存在，毕竟它自身还延续着人类史前文明的光，只要有一点星光，那块大地就足以伟大和深邃。

1990年，一位村民不经意的一锹挖出了尘封万年的土罐罐。经专家鉴定，这个土罐罐叫"人头钮盖红陶罐"。这位农民怎么也没想到，他肩上扛了半辈子、在土里戳了半辈子的铁锹，竟然能与祖先制作的手工艺品恰巧亲吻，把这个看似贫瘠的土地一下子肥沃了不少。

我想，就这一锹，够这位幸运的村民在茶余饭后讲一阵子的。专家找他、媒体记者找他、驴友们找他、爱打听八卦的找他……那会儿，他肯定是这个山坳坳里最有发言权的人，他要指确切的位置，他要描述当时怎么挥动的一锹……他肯定说得头头是道，

丁家沟镇老人沟社（张伟军　提供）

他脸上洋溢着自豪的笑容，周围听着的人们定会着迷。现在一想，他应该自豪，一片生于斯、长于斯的土地，有祖先的遗存，那是一种怎样的内心富足。

　　资料显示，这个"人头钮盖红陶罐"是国家一级文物。其质地为泥质红陶，口径9厘米、底径11.2厘米、腹径24厘米。人头钮盖，斜溜肩，鼓腹，腹下部斜收，平底。盖钮为人头形，头顶略有脱落，面部捏塑成隆起的鼻梁，戳两鼻孔。鼻梁下方戳制嘴巴。面部两侧捏塑为扁平穿孔状，似双眼。器盖边沿有一处形如"W"状，相对应的罐口部位呈"M"状，使器盖与器身能够紧密扣合。罐口至肩部有一道划痕，罐体腹中部正、背面各有突起小錾。盖钮一般多塑造为圆圈形、圈足形、锯齿形、喇叭形、桥形、三足形等，主要有实用功能。塑造为动物形、鸟形、人头形之类的盖钮，或许还兼具了实用性和艺术性以及图腾崇拜、生殖崇拜、宗教信仰、巫术活动等方面的意义。

　　2011年，白银市博物馆从平川区征集到一件人头钮盖陶罐，这与老人沟出土这个陶罐，在人头形钮及罐体方面，有较多相似处，盖钮与同时期出土的其他人头形钮亦较为相似，对于研究当地史前时期陶器制作工艺、文化面貌和习俗信仰等具有一定的作用。

老人沟这个地方不大，但很久远，很深邃，很厚重。会宁县博物馆里齐家文化的收藏品有两件是国家一级文物，其中一件出土于老人沟。白银市博物馆里史前文物馆藏品中有26件是出土于老人沟。我不知道，再用怎样的语言来为这个不起眼的村落"打个广告"。老人沟遗址为新石器时代遗址。2016年被甘肃省人民政府公布为第八批省级文物保护单位。遗址分布面积约3.6平方千米，包含仰韶文化晚期、马家窑文化、齐家文化等文化遗存，前后延续2000多年。遗址发现有仰韶文化彩陶壶、细绳纹素陶片，马家窑类型水波纹彩陶片、半山类型、马厂类型

人头钮盖红陶罐（张伟军　提供）

人头钮盖红陶罐是国家一级文物
（张伟军　提供）

老人沟遗址出土的陶罐（张伟军　提供）

老人沟遗址出土的玉器（张伟军　提供）

彩陶片和素陶残片以及齐家文化彩陶罐、素陶罐、磨制石斧、玉璧等器物和窑址、窑饼，暴露有灰坑、白灰地面、烧窑等遗迹。遗址分界线大致以村中的万家河为界，西岸以齐家文化为主，东岸以马家窑文化为主。

齐家文化是以中国甘肃为中心地区的新石器时代晚期文化，已经进入铜石并用阶段，其名称来自其主要遗址甘肃广河县齐家坪遗址。齐家坪遗址1924年由考古学家安特生所发现。时间跨度约公元前2200年至公元前1600年的齐家文化，是黄河上游地区一支具有特殊价值的考古学文化，其主要分布于甘肃东部向西至张掖、青海湖一带东西近千千米范围内，地跨甘肃、宁夏、青海、内蒙古等4省区。随着齐家文化研究的不断深入，齐家文化已成为探索中华文明形成与早期发展的重要研究对象之一，在海内外影响日益扩大。齐家文化距今4000年左右。齐家文化的制陶业比较发达，当时已掌握了复杂的烧窑技术。在墓葬中发现的红铜制品，反映了当时生产力水平的提高，为后来青铜文化的发展奠定了基础。齐家文化的房屋多为半地穴式建筑，居室铺一层白灰面，既坚固美观，又防潮湿。

马家窑遗址虽发现较早，但以其命名却是20世纪40年代的事。对马家窑文化的命名，以及是否将半山、马厂类型包括在内，考古界曾有过许多争议，到目前为止意见还没有完全统一。最早对马家窑遗址进行调查发掘的安特生将临洮的马家窑遗存和广河的半山遗存合称为仰韶期或仰韶文化。为了与河南、陕西的仰韶文化有一定的区别，也称之为"甘肃仰韶文化"。1944年—1945年，夏鼐先生（1910年2月7日—1985年6月19日，原名作铭，浙江温州人，博士研究生毕业于英国伦敦大学，考古学家、社会活动家、中国科学院院士，中国现代考古学奠基人）到甘肃进行考古工作，

透过这扇窗，一睹历史深处的惊叹（张伟军　提供）

为了确定马家窑期与寺洼期墓葬的关系，发掘了临洮寺洼山遗址，认识到所谓甘肃仰韶文化与河南仰韶文化有颇多不同，认为应将临洮的马家窑遗址作为代表，称之为马家窑文化。此后马家窑文化在学术界得到承认，它以一种独立的文化形态向世人展示了图案精美、内涵丰富、数量众多，达到世界巅峰的彩陶文化。

中国国家画院研究员王鲁湘认为：当陶罐的致密度和坚硬度经由技术改进而进一步提高后，人类就可以用它来盛水、炊煮。饮食由茹毛饮血和简单的烧烤提升到熟食这样一个文明的新高度，不仅从根本上改变了人类的饮食结构，而且改变了人类获取蛋白质的方式，从以动物蛋白为主逐渐转向以植物蛋白为主，这才为适应炊煮谷类食物需要的定居生活和耕种农业的出现准备了条件。因此，可以毫不夸张地说，小小的陶器，是10000年前发生在地球上的那场伟大的农业革命的催产素。

在中国，制陶以及陶器本身，确实启迪了先哲。有一个词叫"陶钧万物"，表明先哲曾经认为造物主也是一个制陶高手，宇宙万物就是被陶钧出来的。女娲抟土造人的传说，把人类的起源同捏泥人这样的儿戏联系起来，大量的史前陶塑，有人物，有动物，还有人形器，在创造它们的原始观念里，活跃着一个像女娲这样的母亲形象，"创造之母"。有理由相信，史前陶器的创造者，可能以女性为主。陶由泥土烧成，中国五行说认为土有五色。社稷坛又称"五色土"。有趣的是，中国史前陶器的陶色也是五色：灰、白、红、黑、黄。或许这是巧合，但为什么持续16000年之久的史前陶器烧制，颠来倒去，就这么五色呢？五色土的观念，到底来自土，还是来自陶？先哲老子的目光，曾经久久地盯视过制陶。他说："埏埴以为器，当其无，有器之用。""故有之以为利，无之以为用。"哲学上有和无的关系，在陶器上就能很好地表达出来。

会宁一直以来是农业大县，既然陶器是地球上那场伟大农业革命的催产素，那么，会宁的农业渊源是极其长的。其覆盖新石器时代文化、仰韶文化、马家窑文化、齐家文化等。今天说的老人沟遗址就是会宁诸多遗址中的一个缩影。从考古历史来看，老人沟这个村落的确很"老"。

20 齐靳湿地，偏安一隅的美丽

唯愿偏安一隅，远离世事纷扰，到齐靳湿地，静卧梨花树下，望远山之悠悠，近水之潺潺。拈起一瓣花，让笑靥留芳。那是初春的香，仲夏的绿，情不自禁，醉在其中。

齐靳湿地处于华家岭南麓，由两条不同走向的水域汇集而成，南北走向水域长1千米，东西走向水域长1.5千米，水面最宽处达100米，最窄处30米，总水域面积0.13平方千米。此地树木茂盛，森林覆盖率高，鸟类野禽品种繁多，每年春夏秋三季是景色如画，素有会宁"小江南"之称。

由于其独特的自然禀赋，这里形成了一个由众多细流和泉水汇聚而成的湿地。其间，芦苇漾着水花，野鸭戏着涟漪……这些年，因为生态环境的逐步改善，白鹳等珍贵野生动物来这里栖居。在会宁的旱塬大地上，这幅水乡画卷，览胜多少人工以及资本夯筑起来的所谓的"好去处"。

对于这方水与草的宁静，有人情不自禁地哼过几句：苍翠在蒙蒙晨雾中伸展，湖水蜿蜒成臂膀拥抱村庄，啾啾鸟雀婉转歌唱、对对野鸭依偎嬉戏……

那天，我们追寻着这片湿地的美，在大雨中与其邂逅。真的，在这里来一次野营或者烧烤，有一种别样的体验（张伟军　提供）

　　我想，文旅的诱惑，也不过让人心旷神怡。这份优雅和浑然一体，自有其万种风情。

　　每每到这种地方，很多人总会要发问：这文旅的品牌到底该怎么打造，文旅产业的魅力到底在哪？暂且不论教科书式的说教，但从最朴素的元素说起，自然之魅肯定是首当其冲。齐靳湿地的魅力，其实并不在于那让人陶醉的一弯水，而是因为水流冲击后形成的滩涂，那里有绿树，有草坪，有流淌过树木间的风。很多驴友们和被齐靳湿地吸引来的人，到这一方天地，才能感受蕴藏着的物华天宝之气。

　　在人来人往中，这块自然而然形成的风景区，反而招揽了更多的游客。这里没有大面积的钢筋混凝土，没有人工过多干预的痕迹，它就像是一匹黑马，从影影绰绰中奔腾而出，呼唤着真正想走进大自然的人们。

对，因为这里或多或少有些类似于荒野文明的美。对于自然，在中国传统文化当中，还是在万千诗篇当中，都有过醉人的表述。有人总会情不自禁，总会为她而抒怀，碧水悠悠之畔，山坳峁梁之端，自然的杰作与人类的勤劳联袂，在侯川大地上描绘出一派闲适自然、恬静和谐的生活画卷。

这块风水宝地属于渭河支流葫芦河的上游。其区位优势明显、交通便利快捷，自然资源丰富、生物资源多样、生态环境优美，以生态旅游为主线助推乡村振兴具有得天独厚的优势，发展文旅产业前景可图。

之前在关于乡村文化旅游的述评中，我写过一点思考，题目

秋日的齐靳湿地，荒野文明带来的新思考，最自然才是最美的（张伟军　提供）

齐靳自然风光（周新刚　拍摄）

是"植入特定文化IP，乡村旅游升级的四大维度"。在这里和大家分享。当然，对于每一个现象和问题的剖析，每个人都有自己的逻辑和观点。

乡村旅游需要见人见物见生活、留形留魂留乡愁。我认为乡村旅游本质上不是景区，而是一种乡土生活。

首先，要看得见更多的"源文化"。放眼周边乡村旅游的各大小所谓的"景区"，其实更多的是硬生生的建筑。通过建筑的"蒙太奇"手法，把乡土文化拉上其旅游打造的框架。但我们会发现一个很特别的周期律，就是一些乡村打造的旅游点基本活不过5年。这背后有很多因素。比如，很多地方政府换届后，会造成文旅产业发展思路及后续服务上的"断层"，对文旅产业的持续打造带来比较大的影响。抛却此断层影响，其实更大的问题还是没有自己的市场。因为打造的乡村旅游景点，仅仅是景点而已。

在这里缺少真正的乡土特色、乡土源流、本地人的民俗风貌。乡村旅游应该更加注重原住民的文化体现，要让游客看得见乡村的"源文化"。

其次，要看得见更多的"地域特色"。一个大西北的乡村旅游建筑，有些带着徽派风格、有些体现着闽南风味……就是看不到真正的本地特色。也许，主导者或者建设者本身认为"他山之石"就能攻"玉"。我们要知道，乡村聚落及演变发展是经文化、地理气候、历史、宗教沉淀下来的产物，乡村建筑则是乡村聚落物质空间的载体。乡土建筑亦是乡村旅游中一个重要部分，是乡村非物质文化遗产的独特载体，反映出乡村的整体风貌，蕴含着浓厚的历史和艺术价值，对乡村旅游有重要的推动作用，是实现乡村旅游可持续发展的重要保证。要创造出具有地域性特色的乡土建筑才能让旅游者找到不同的乡村体验，乡村旅游才能发挥它独特的魅力。所以，乡村旅游要更多的体现"地域特色"。

第三，要挖掘更多农业"本身价值"。一个很奇怪的现象，一些乡村旅游的打造点推了宅基地，削平了山头，填了沟壑。原住民上了楼。这样，景点打造了。地方的城镇化率提高了。我们看不到乡村农业本来的面目了。一天，我问一个大学生游客，她说她不认识苜蓿、谷子、豌豆苗……她感叹，从小到大接触不到这些东西，凡是去过旅游的地方都是硬生生的建筑。在乡村旅游的发展中，农业被视为主要产业，但它具有其他产业发展的基础作用的同时还具有生产、生活、生态价值。生产价值就是指其农业价值，在生产农产品过程中所产生的所有价值。生活价值主要体现在对传统农耕方式的追求，如今都市群体对乡愁的向往与日俱增，农业的生活价值亟须发展。

第四，大力改善旅游的"视觉环境"。过去在脱贫攻坚的时候，我们讲要解决乡村的视觉贫困问题。当前，在乡村振兴的大背景下，旅游还是要解决其环境的视觉效果。在乡村旅游的快速发展中，经济发展成为首要任务。在中国大部分经济落后的乡村，只是一味地追求经济的发展而忽略了对乡村景观环境的保护和生态环境的建设，导致乡村风貌的缺失、景观环境的破坏。乡村景观是一个自然生态的物质环境，农耕文明形态和人文生态环境共同作用下的生态共同体，乡村景观环境就是一个地域特色的标志性产物，它会体现出乡村的地域性和差异性。然而如今乡村的景观环境却遭受外部的影响与污染，乡村的建设要以保护景观环境、恢复生态为重。只有真正根植乡村文化的IP，才能连接更多的市场资源，进而更好地发展乡村旅游。

我知道，在自然山水面前，这些说教式的思考显得多余和捉襟见肘。但也许，正是因为对于自然山水的敬畏，才在柏油马路和混凝土的烤箱中稀缺这样的美。

21 "左公柳"，历史的天柱

人常说"有心栽花花不开，无心插柳柳成荫"。更何况，载此"柳"是如此有心。它背后是家国情怀，为官之道。古人爱柳，历代诗人以柳入题，歌咏不绝。赋予其诸多寓意，寄祝福于柳，传达绵绵情意。

1871年，左宗棠60岁。他站在会宁的山梁沟峁间，看到满眼的图景时，他的内心应该是极其不平静的。这一年的8月，他由静宁经会宁到达安定，开始了全面部署攻打河州（今临夏）的准备工作。

1876年，收复新疆之战开始，左宗棠从陇西入会宁，看到土地贫瘠，民不聊生，给光绪皇帝上奏"凋耗殊岂，陇中尤甚。弥望黄蒿孤城，人间阒寂……陇中苦瘠甲于天下"的奏章。

今天，会宁"陇中苦瘠甲于天下"的说法应该源于此。

西兰大道，从西安至兰州，是明朝关中通甘肃的主要驿道，清代称为兰州官路。

《甘肃公路交通史》载，自静宁界石铺至会宁县城东，河沟弯曲，俗称"七十二道脚不干"。会宁境内修桥14座，栽植柳树7.5

古柳用层层年轮，镌刻着150余年的沧桑岁月（王进禄　拍摄）

万株。为念左宗棠植柳之恩，后人称其为"左公柳"。会宁有两座桥的名字由左宗棠亲笔题字。一座在青江驿东侧倒回沟，题名"利济桥"；另一座在青江驿西尚家湾，题名"履顺桥"。由楚军中路统领李良穆督兵筑修。

左宗棠《平政桥碑记》中写道：

逾陇而西，道出会宁，由县东张陈（城）堡至古城翟家所为车道所经，山岗逶迤，中惟坑堑。车行必于两山之峡，水从东来，人于峡中，左旋右薄，一里数曲，前车蓦坡，后车涉涧，盘折迂回，七十二曲。

社稷之本，在于民安。左宗棠被称为"晚清中兴四大名臣"。他的思想理念深受中国传统文化的影响。他主张"仁政"，注重民生，反对暴政。他认为，一个好的官员应该既懂得治理国家，又懂得关心民生。他还强调了教育的重要性，主张普及教育，提高人民的文化水平。洋务运动期间，左宗棠创办了福州船政局，这是中国近代史上第一个新式造船厂。后来还在兰州创办了甘肃机器制造局。

清代杨昌浚的《恭诵左公西行甘棠》中写道：

大将筹边尚未还，湖湘子弟满天山。
新栽杨柳三千里，引得春风渡玉关。

1876年，在左宗棠的率领下，湘军进入新疆，清军收复新疆之战开始。在西行平乱的路上，他克服万难，造福沿途百姓，栽

目前，会宁境内有"左公柳"28棵，生长在侯家川镇古道村石沟湾社，为国家二级保护古树
（王进禄　拍摄）

沿着历史的路，廓清未来生活的道（王进禄 拍摄）

植柳树。目前，会宁境内有"左公柳"28棵，生长在侯家川镇古道村石沟湾社，为国家二级保护古树。

据史料记载，"左公柳"的栽植始于清同治十年（1871年），终于光绪四年（1878年），历时8年。从陕西长武至甘肃会宁600里，植树成活264000株。为了保证树的成活率，当时有"毁者以军法制裁"的法令。

同治十一年（1872年）五月十二日夜，左宗棠在安定大营给儿子孝威信中说，"此间雨水应节，禾苗大好，可期丰稔。"还教育儿子说，"勤、俭、忠、厚四字，时常在意，家门其有望乎。"时隔5日，他再次写信给儿子孝威，"兰陇春夏甘霖叠降，麦豆可望丰收；群言数十年来未有之祥。"六月十四日给儿子家书中又说，"今岁大稔，士民均言数十年未有。"从此，华家岭光秃秃的山梁第一次有了绿色的润泽。

冬日里矗立着的左公柳（王进禄　拍摄）

　　清光绪元年（1875年），左宗棠将生徒应试资格作为安抚流
亡和鼓励农耕的一项优奖政策。光绪初，左宗棠在会宁办义学，
光绪三十一年（1905年）改为"枝阳高等小学堂"。

　　《左宗棠传》记载：在甘肃财政困难的情况下，左宗棠想方
设法筹拨经费，或拨出一些荒山绝地，收取租金，供给办学经费。
在他倡导之下，一些地方官吏纷纷响应，如会宁知县许茂光、两
当知县萧良庆等，不仅拨出荒地和耕牛，自己还捐出养廉金，又
在地方集资。所以学习风气一时十分兴盛。

　　据记载，明、清时期，会宁先后有数十名武功人员从戎、担
任军中将士，在守家乡、灭贼寇、剿吴逆、保福建等方面取得卓
著战功。他们为国家、为民族效命、征战沙场。

　　左宗棠曾为会宁昭忠祠题联：

百战树功名，跃马横戈，豺狼丛中争效命；

千秋怀义烈，刑牲击鼓，麒麟冢畔与招魂。

一代名臣，与会宁有着不解之缘。可见，会宁在国家战略上的重要性。会宁能走进这些大人物的生命，可见会宁是有着他们情感关怀的地方的。而这些地方，足以照见名臣之"名"于"何"。

范长江在《中国西北角》一书中写道："庄浪河东西两岸的冲积平原上杨柳相望，水渠交通……道旁尚间有左宗棠征新疆时所植柳树，古老苍劲，令人对左氏之雄才大略不胜有企慕之思。"

左宗棠离开陕甘后，继任总督杨昌濬秉承他的意旨，对沿途官柳悉心照顾，严禁砍伐。上海出版的《点石斋画报》上有一幅左公柳图，标题《甘棠遗泽》，画面上还有一篇短文，"昔年左文襄公开府秦中，曾饬各营兵士就秦关内外驿路两旁，栽种树木，十余年来，浓荫蔽日，翠幄连云，六月徂暑者荫暍于下，无不感文襄之德庇而称道勿衰。迨文襄移节两江，都人士睹景怀人，不忍剪伐；而无赖之辈

左宗棠画像（360百科）

往往乘间砍以斧斤，致司牛山濯濯。有心者因培养无人，不免有荣枯之感。近者杨石泉制军素蒙文襄知遇，曩年随文襄出关时曾目击情形，自制军继文襄之任，事事以文襄为法，无异萧规曹随。乃令将此项树木重为封植，复严饬兵弁加意防守。今当春日晴和，美荫葱茏，依然与玉关杨柳遥相掩映。从此手泽在途，口碑载道，诵甘棠之三章，千载下犹遗爱焉。"

清朝最后一任新疆巡抚袁大化在辛亥年（1911年）年沿陕甘驿道赴任，沿途还看到多处左公柳，他在《辛亥抚新纪程》中对甘肃境内平凉以西左公柳作了详细记载："自出潼关西来，柳荫夹道，皆三十年前左文襄西征时种植……华阴以西，夹道左公柳尚茂密。间有被土人偷伐者，亦地方之责也。左公柳甘界尚整齐，无甚短缺。自平凉以西，左公柳夹道继续，拳厄瘠薄。……红城驿夹道杨树高十余丈，左公督陕时种植，多为奸民剪伐。有未伐者，高耸插天，干直无枝，枝亦被人斫去。"

一位笔名为"黄芪煮粥"的作者写道：这些柳树，是三千里大道上行走时间最长，负载最沉重的文脉，承载了一个从远古走来，从未停歇的绿色诗意。那些砍去枝条的伤痕，让所有走过陕甘大道的人扼腕长叹，诗文何在。树犹如此，人何以堪！

左宗棠在中国历史上的影响深远。他的功勋业绩不仅在当时得到了广泛的认可，而且也为后人树立了崇高的榜样。他在治理地方、维护社会稳定、推动"中国现代化进程"等方面都做出了重要贡献。

谭嗣同曾说：历观近代名公，其初皆未必了了。更事既多，识力乃卓。左文襄晚达，故沈观最久。

而今，经历风雨涤荡，"左公柳"皮爆体裂，满身疮痍，却苍劲虬韧，铁骨铮铮。她们不像婀娜水乡杨柳，身段暧昧多姿，而是奋力向上。

矗立着的"左公柳"是一种民族精神的图腾。古柳用层层年轮，镌刻着150余年的沧桑岁月。天空不拒其高，大地不嫌其深，扎根着一棵树的使命。在历史的苍茫间，那一棵棵"左公柳"像极了一个民族的历史。

22 "龙骨"穿越时空，对话8万年

　　每一座博物馆，都是一道沟通历史与未来的桥。想要了解一座城市的历史，就要去这座城市的博物馆。在这里，我们可以通过展品与历史对话，穿越时空的阻隔，俯瞰浩荡的时光长河；在这里，我们也可以通过藏品与先贤晤面，掀开历史的面纱，接受文明的熏陶和洗礼。

考古人员搬运化石现场（来源：中广网）

　　我们可以想象，早更新世的南亚大陆笼罩在一片片碧绿的森林下，草海在微风的吹拂下不停地翻滚着，古纳巴达河奔腾着流向大海。富饶的生态环境和四季如春的气候吸引了大批的生物来此生息繁衍，其中许多纳玛象就生活在开阔的森林地带。这一群纳玛象共有30多头，首领是一头60多岁的老雌象，此外还有10多头成年雌象和一些未成年象，而幼象只有2头。许多猛兽都觊觎没有自卫能力的幼象，但是看到幼象身边这些长巨大象牙的成年象后，它们就都放弃了这种想法。

象群正在森林边上寻找食物时发生了骚动，老首领和另外2头年过半百的老雌象一字排开，正在阻止一头小雄象回到象群内。小雄象很迷惑，想要回到象群内，但慈祥的老首领今天却冷若冰霜，和其他雌象一起驱赶它。其实老首领是希望这头已经成年的雄象自己去独立生存，因为纳玛象群是不能容忍成年雄象的存在的。小雄象在一次次尝试无果后，不得不一步三回头地离开了象群，去开创一片自己的天地……

据说，真象类的起源历史悠久，最早从晚中新世晚期就开始出现。在晚上新世至早更新世时期，各类真象逐步进入繁荣阶段。而到更新世结束时，只有寥寥数种真象残存下来。进入人类史后，全世界就只剩下亚洲象和2种非洲象，近200年来更是数量日渐减少，分布范围也逐步萎缩。

根据已知材料，真象类起源于非洲的剑菱齿象，而直到上新世这里才出现了亚洲象与非洲象的早期类型。大约300万年前，生活在非洲的亚洲象类中有一支进入了亚洲，并迅速分化出更多种类，占领更多的生态环境，而留在非洲的亚洲象类则约在250万年前灭绝。

1846年，福尔克纳等人在印度中部的纳巴达河谷沉积物中发现了一个象类头骨化石，他们当时认为这是一类很原始的真象，于是命名为纳玛象。纳玛象身材较为高大，头骨高，额骨平而宽，上门齿（象牙）较直且末端微向上内弯曲，一般可达3—4米长。其臼齿则是高齿冠，适合咀嚼较硬的植物。1924年，日本人松本

猛犸象复原模型（资料图片）

彦七郎研究日本出土的纳玛象化石后认为，这应该是一种和非洲象有关系，可能是非洲象祖先类型的古象，将其归入新建立的古菱齿象类中。

中国学者认为从上新世到更新世，亚洲生活着纳玛象、诺氏象、淮河象3种古菱齿象，其中中国在更新世期间只存在淮河象。这些象生存在比较寒冷的时期，分布范围从温带一直到热带地区都有，它们身上可能长有比较发达的毛发。根据多年来对化石产地植物花粉和古地理气候环境的研究，人们相信纳玛象、诺氏象等是生活在平原森林、丘陵森林或密林地的草原地区的大型象类。

会宁出土的纳玛古菱齿象骨骼标本是生活在距今几万年前的晚期更新世的大型哺乳动物。其主要活动在华北、华东等地区。由于这类象的白齿磨蚀到一定程度后，齿板的中央就会扩大呈菱形，因此而得名。此类象完整的头骨化石目前国内少有发现，这一发现说明这种大型哺乳动物几万年前就生活在会宁大地，后来由于地壳运动，气候变冷、变干，导致其灭绝。

新庄镇位于会宁县西北部，东与郭城驿镇相连，南与头寨子镇交界，西与榆中县接壤，北与靖远县毗邻，东西长25.5千米，南北宽13.5千米，总面积323.3平方千米。气候干燥，雨量稀少，年平均降雨量为240毫米，属典型的干旱区。

就是这样一个很普通的乡镇，一根"龙骨"却惊动了考古圈。在过去几十年中，这根裸露在太阳下面的"龙骨"是一个很神奇般的存在。龙骨者，可不能轻易冒犯，它是中国图腾文化崇拜中比较重要的一个方面。

有"龙骨"之处，必是非凡之地。

2008年5月，一名叫武兴虎的大学生认为"龙骨"很可能是某大型哺乳动物的化石，于是将此消息上报给会宁县第三次文物

2011年，泉坪猛犸象化石点入选"第三次全国文物普查百大新发现"（资料图片）

普查队。普查队赶赴现场勘察认定为菱齿象化石，并采取了有效的保护措施。随后将这一情况上报甘肃省文物局，并对化石进行了保护性挖掘工作，从野外运回县博物馆收藏。后经有关专家建议，将原岩包裹的化石标本运往北京修复。

这一古象头骨化石保存较为完整，长约135厘米，最宽处90厘米，保留有部分象牙。据说，出土之前，当地中医开的中药里有一味叫"龙骨"的药，这种药在药铺里有时买不到，抓药的人就跑到这里弄一点放到药里，据说还真治好了病；也有一些村民手上或身体其他地方出血后，将粉碎后的"龙骨"涂上一些就能止血。

2010年8月，中国科学院古脊椎动物与古人类研究所王元博士和甘肃省文物鉴定委员会委员、甘肃省博物馆自然部主任张行研究馆员专程来到会宁，对修复后的菱齿象化石进行了详细的测量和观察，并对化石出土地点的地质地貌进行了考察分析。经国际第四纪研究联合会亚太地区地层委员会主席、中国科学院古脊椎动物与古人类研究所金昌柱教授和王元博士的初步鉴定，头骨和下颌骨化石为早期菱齿象类，时代可能为上新世，距今约8万年。

2011年，泉坪猛犸象化石点入选"第三次全国文物普查百大新发现"；2013年，被会宁县人民政府公布为县级文物保护单位；2014年被白银市人民政府公布为市级文物保护单位。

古菱齿象在会宁地区生活过的事实，说明当时这里有丰富的丛林、灌木和草本植物，气候温暖，适合象的生存。很多研究者认为，像这样保存完整的古菱齿象牙齿化石弥足珍贵，它比骨骼化石要更稀有，对研究会宁及周边地区远古时代的气候、环境和地理地貌有重要的研究价值。

23 峡谷明珠，历史与丰碑

  会宁作为一个干旱少雨的地方，修建水库是20世纪70年代极其重要的民生工程。它是水源的保障，是农村事业发展要解决的首要问题。那个年代，水库密集性的修建是因为"农业学大寨"的助推。在此背景下，全国掀起了农田水利建设的热潮。因为自然地理禀赋不同，会宁南部主要以库为主，北部以引黄灌溉（靖会电灌工程）为主。还开筑了关川渠、北川渠、西河渠等水利工程。

  随着时代的发展，会宁人饮工程的逐步实施，曾经立下汗马功劳的水库渐渐淡出人们的视野。它的残破和斑驳里藏着前辈们过去战天斗地的岁月，一座水库就是一座丰碑，它年久失修的水闸自然挡不住时代的潮流汹涌向前。当大多数水库渐行渐远的时候，位于中川镇的米家峡水库却还是耀眼夺目，被很多旅游者称为"峡谷明珠"。

  米家峡水库始建于1970年，位置优越，交通便利，周边环境优美，景色宜人，湖光山色，美不胜收。米家峡水库水域面积达65平方千米，拥有大量的野生动植物资源，被誉为"黄河源头的绿洲"。水库周边自然风景秀丽，有许多旅游景点，包括黄河壶

秋日的米家峡水库（张伟军　拍摄）

口瀑布、米家沟、草原牧场等。近年来，米家峡水库成为甘肃省重要的旅游景点之一，吸引了大量的游客前来观光、休闲和度假。同时，水库也为当地农业和工业的发展提供了重要的水资源。

中川镇在历史上素有"米粮川"之称，这与米家峡水库是分不开的。水库养育了一川的生灵。相对于过往的峥嵘岁月，今日的米家峡水库更多的是旅游景点担当。它用半个世纪的沉淀向前来参观的人们诉说着历史的衷肠。一个秋日的下午，我又一次与它默默相约。水库周围搭建起了绿色的安全网，挂起了警示标语。墨绿色的清波一直延伸到大山的峡口处。裸露在外面的橙黄色坝体像钢铁城墙一样岿然不动。一群群飞鸟时不时地掠过水面，站在亭台坝桥上四处观望。我在想，水库如果是孤独的，那飞鸟才让它有了灵动与神气。

过去几十年，一群群飞鸟不知换了多少茬。水库依然荡漾着清波，哪怕是大旱之年，这里也显得慷慨的多。中国人的乡愁，都和山水有关。在这样一个山环水绕的大山深处，峡谷当中，这一湾水自然有它特殊的姿态。对于很多"爱赋新词强说愁"的文人骚客来说，这里自然少不了文字对它的礼赞。于是，它存于世间，留于历史。

因为有水，米家峡水库依然充满着魅力。水是生命之源，是生命情愫当中最有力量的存在。米家峡之所以有水，是因为它本身就有源泉。上善若水，水利万物而不争。人们大多时候被风景引胜，却忘了背后的天成之道。问渠那得清如许，为有源头活水来。活水，是流动的，是运动着的，人也一样，只要有思想的源泉，就会感知到自然的大美。

素有"会宁小江南""米粮川"之称的中川镇（张伟军　拍摄）

24 放马塬与黑窑沟河

地质构造运动把放马塬辽阔的大地从中间撕开，黑窑沟河诞生了。

它是祖厉河的支流之一，发源于定西安定区葛家岔。从甘沟驿镇锦家洼北流入祖厉河。河流北岸是一个不大的村落，河流南岸是有名的放马塬。可以想到在很多很多年前，这里水草丰茂，牛马成群，适宜以农事放牧为主的百姓的生存。但今天目睹这条河，其细细的涓流让人心疼，就那点微不足道的水还要被渗进几乎干涸的河床。

科学技术给这里带来了重要补给，前两年开始这里成了会宁水肥一体化的示范种植点。那洮河的水随着节节爬升的提灌，将生命之水通过滴管浇进农作物的根部。于是，这里的玉米大豆套种实现了单位面积的增产，让扎根土地的人们又一次看到了希望。就好比第一批定居到这里的人们当初看到黑窑沟河一样的激动和狂欢。

我与放马塬的邂逅不止一次，对于它的初见与终爱还是那天坐在沟壑边埂上的冥想。人与土地的关系就是鱼儿和水的关系。

黑窑沟河与放马塬（张伟军　拍摄）

人类任何突发奇想都离不开大地，大地是一切的根本。一位叫李文兵的庄稼汉把这里称作是"我的放马塬"，其爱之深可见一斑。他用高大威猛的机械将这里荒芜的土地深耕、再深耕，耕出一片绿色，翻出一片希望。于是这里引来了关于现代农业的参观、学习与观摩。可是在李文兵的眼里，道阻且长，且走且珍惜，农业种植的路是一个长跑，终点在哪，他也不知道。

那天，我在"大地会宁"视频号发了一段航拍视频。视频里，百亩绿油油的玉米向远处延伸，由一块块田地组成的绿色铺陈在大地。放马塬下的绿色层叠着向镜头飞来，一片希望的田野，点燃众多游子的思乡之情。有人说："牧马塬是书案，东山摇动椅子转，会宁才把文风现！""长大的地方，熟悉的旋律，美丽的风景。感谢作者拍摄出了一种思念，想念……"

任何一条支流的缩水都是主河流的损失，任何主河流的波澜离不开千万条支流的汇聚。农业也是如此，它的壮阔离不开千万农人的耕耘。谁来种地？为什么成了时代的拷问，因为涓涓细流逐渐回归到了河床的下面，那老一辈的种地人也将逐渐不在，不在这漫漫的黄土地，不在这逐渐干涸的河流之畔。

我们在麦田里守望，在荒原上问道，在历史的进程中寻找坐标，在生命的长河里跨越奔腾。

25 梯田，精神的天梯

从20世纪60年代开始，梯田连接了至少三辈人的情感。我能清楚地记得爷爷对梯田情有独钟，父亲对梯田更是痴迷，而我的成长也没离开过梯田的浸染。虽然，今天的很多孩子并不熟悉梯田，但梯田是会宁人半个多世纪以来的口粮之基，生活之本，发展之源，振兴之魂。

梯田，无疑是会宁人心中的"精神天梯"。我想说，梯田是萦绕在我心间的梦，是雕刻在大山间的曲线，是风景览胜的庄园，是烟雾迷蒙的仙境，是吐露芬芳的王国，是我一生的愁与眠！

我们家住在川里，但是耕种的地大部分在两边的山上。西面的梁叫"塌堡子梁"，东面的山叫"大沟山"。不管是梁还是山，耕种的地都是"坡耕地"。后来经过人工"整"后的地就叫"梯田"。会宁梯田主要兴修于20世纪60年代开始的农田基本建设时期和21世纪以来开展的机整梯田建设时期。但对于梯日的感情还得是过去人工平整的，因为那是老百姓的纯手工作品，那里面有感情，就像抚养大的孩子一样，每一寸黄土，每一寸田埂都浸润着汗水，寄托着希望。

雕刻在大地上的曲线（周新刚　拍摄）

春天，谓之"发陈"。梯田从冬眠中苏醒，张开睡意惺忪的双眼，感受着大地回春的惬意。积雪消融的水，流淌进它的肌肤，深入七寸，润泽根脉，冬麦开始疯长，吐露芬芳。惊蛰前后，人们开始深耕、除草、播种。春的梯田里，开始热闹起来，勤劳的人们将一粒粒种子撒进土壤，期待丰收。那一刻，梯田仿佛在孕育着一个巨大的奇迹，在等待着一颗硕大的果实。春，是希望，是汗水落处，有兰芬芳。

夏天，谓之"潘秀"。梯田充满了诗意，一派蝶飞凤舞。那绿意盎然的田野，散发着夏的魅力。这时候，"夏田"到了收获的时候，比如冬小麦、扁豆、豌豆等。农民伯伯抱着西瓜、拿着胡麻油"嚓"的油饼子在问鼎大地，在收割希望。能不能吃上白面馍馍主要是看"夏田"，过去很多年，白面油馍馍那是一个香，会宁人说"唏嘛香"。夏天的梯田，盛气凌人，充满张力。像一个身强力壮汉子的胸怀，炙热而敦厚。

秋天，谓之"谷平"。梯田一下子金黄了全身，却耷拉下了脑袋，疯狂了一夏之后终于要献礼耕耘它的农民们。良谷米、苦荞、洋芋、玉米……争先恐后地走进丰收的粮仓。亩产量最大的洋芋蛋蛋一车一车走进购销合作社，一挂车一挂车的运往外地。"土蛋蛋"变成"金蛋蛋"，梯田给了农民该有的回报和尊重。玉米喂了过年猪，玉米秸秆喂了变钱的牛，苦荞开始被深加工，做成时兴的苦荞茶，苦荞咖啡，苦荞挂面……梯田默默地看着孕育的种子变成富民的产业，它微笑着，满足着。

冬天，谓之"闭藏"。梯田又回归了宁静，它需要闭关，需要藏气。当一场厚厚的雪遮盖了它的容颜，当野兔的脚印再次蹚出一条曲线，当鞭炮的纸屑再次散落，当除夕的火树银花再次照亮，乡村依偎着梯田也被染上了欢声笑语。梯田，何不似劳动人民，何不似父母，劳苦了一年，却为了那一夜的笑。

梯田，如人，履历四季，无不轮回，其自有其道。

奶奶的脚受了封建礼教的毒害，她的脚很小，脚指头是用布缠着的。走起路来迈不开步子，所以我很少见她快速地走过，更不要说是跑了。但就是这一双裹着布的小脚硬是走出了一位女性的坚强。她与爷爷一起把5个儿女拉扯长大，把家庭经营的有条有理。一次，奶奶带着我去了"大沟山"的一块地里拾掇扁豆。盛夏的大沟山上真的热得要命，我戴着草帽躲在山垭下纳凉。奶奶双膝跪在地里拔着扁豆，奶奶虽然是"缠脚"，但在地里干活一点不比男人慢，一畦畦，一畦畦……扁豆在奶奶的努力下越来越少。夏天的天空就和小孩子的脸一样，说变就变，没想到晴朗天空不知啥时候从西山那边汹涌过来了一片庞大的乌云，一层叠着一层，慢慢扩散，最后遮住了半边天……忽然间，一阵大风袭来，吹起了滚烫的黄土，弥漫开来。奶奶赶紧收拾好拔了的扁豆，系好帽子，一把拉住我说："赶紧走，白雨要来了……"没一会儿，宁静了片刻的天空一声炸雷，紧接着又是大风……真的是山雨欲来风满"山"，奶奶拉着我在山上往下跑，奶奶说："看这云层下不了多少雨，我不要紧，我害怕把你淋湿感冒……狗娃，你别等奶奶，你自己跑，赶紧回家。"

奶奶是最心疼我的，我怎么能丢下她呢。我拉着奶奶的手一起赶着路……不过雨来得还是快，随着一声响雷，雨开始下了！奶奶用手紧紧攥着我的手，一步顶三步往回走。那时候，我发现她走得那么快，那条缠脚布并没有束缚住她的脚……回到家后，奶奶赶紧给我擦干了脸，她坐在炕上小心翼翼地脱下鞋，拾掇着她的"小脚丫"。记得奶奶说过："这算啥，我和你爷爷那个时候为了拉扯你姑姑、你爸爸几个不知道在这两座山上下了多少苦。吃大锅饭那时候啊，要挣工分，要按时按点地下苦。后来包产到户了，咱们家的日子才好了点。我们一辈子就和黄土较上劲了，这一亩三分地就是我的奔头啊。别看那土地贫瘠，它养人……希望你们以后能有个好出头……"

奶奶说过，20世纪六七十年代修梯田的时候，她也正年轻力壮。下苦，就没怕过。为了能让陡坡地变成收成更好梯田，那下苦就是革命任务，热情和决心是用不完的。那个时候，随着"农业学大寨"运动的兴起，全县各生产队纷纷成立农田基建队，对坡耕地进行梯田化改造。

会宁实现农业合作化后，依靠集体力量，加快了以培地埂、修沟坝地、铺秒田为主的农田基本建设。1964年毛泽东发出"农业学大寨"号召后，全县农田基本建设进入修条田、梯田为主的新阶段。1966年中共会宁县委提出尽快实现"三个二"（每人二亩基本农田，二亩林和草，缺水社队每户两眼水窖）的目标。

丘陵山区的梯田画卷（周新刚　拍摄）

1969年5月中旬，县"革命委员会"在汉岔公社金湾生产队召开"农业学大寨"现场会议，号召全县掀起农田基本建设新高潮。先后多次组织县、社、队干部千余人到大寨参观学习，解放思想。

1970年北方地区农业会议后，中共会宁县委发出《关于下达1971年和第四个五年农业生产规划（草案）的通知》，要求全县人民争时间，抢速度，大搞农田基本建设，到1975年把会宁建成大寨县。1971年3月，中共会宁县委召开县、社、大队、生产队及机关企事业单位负责人3500多人参加的县委、县"革委"扩大会议，专题讨论"农业学大寨"安排大搞农田基本建设。1973年10月下旬，县上召开"农业学大寨"先进集体、先进个人代表会议，总结交流农业学大寨经验，表彰先进。此时，全县已有2万多人组成基建队，常年投入农田基本建设，占全县总劳力15%。每年秋冬，抽调七八万劳力进行大兵团作战。

1974年12月1日，中共会宁县委发出《关于进一步搞好农田基本建设的通知》，要求各级领导以基本路线教育为纲，深入"批林批孔"，继续反右倾鼓干劲，掀起农田基本建设新高潮。1975年10月，传达贯彻全国"农业学大寨"会议精神，决定把"农业学大寨"作为全县工作的中心，每年新修梯田由原来的3万亩左右，增加到6万亩以上。从1970年北方地区农业会议后到1978年底，共修成水平梯田43.25万亩，条田15.34万亩，压砂田0.19万亩，发展水地10.85万亩。在后期，"农业学大寨"成为推行"左"倾政治运动的工具，特别是有些负责人提出"要用无产阶级专政的手段大办农业"的口号后，农田基本建设过分强调大干苦战，片面追求形式，忽视劳逸结合，出现劳力平调，妨碍当年生产，在群众中造成不良影响。

《会宁县志》资料显示，包产到户初期，农田基本建设以户或联户进行，规模较小；1986年后，注重统一规划，连片治理，提高质量。1979—1989年底，共修梯田25.5万亩，条田1.49万亩，沟坝地1.78万亩，砂田1.89万亩，合计30.66万亩。1989年底，全县梯田达到77.75万亩，条田17.25万亩，沟坝地1.78万亩，砂田3.08万亩。总计99.86万亩，人均2.16亩。

和我奶奶一样的那一辈人真正经历了农田基本建设的始末。她们的精神世界里，地就是一切。

今天，一代又一代在梯田上长大的会宁人，沿着耕读传家的精神天梯，走出大山，拥抱未来。

今天，梯田在进化，梯田迎来了大型机械，迎来了高科技，迎来了设施农业……但梯田的精神依然屹立，永不褪色。

26 月牙堡，厉河上的"王者堡垒"

　　600年前，厉河在汇入城川之前的两三千米内，水域面积应该是非常宽阔的。从现在两岸的基本地形轮廓来推测，这一天堑之地，倚石虎山之巍峨，势如金鸡，立于大河之上。实为锁喉之地，扼守之道。这一神秘传奇之地，即为月牙堡。不过，因其历史文字记载甚少，关于它的历史深处并没有多少人说得清楚。历史遗存的价值除了佐证历史之外，还有一个就是激发人的好奇心。

　　不妨，让我们从100多年的历史中，探寻这座古堡的历史嬗变和烟火氤氲。

　　很多老人回忆，据他们的长辈口口相传清朝末年至民国初年，这地方并不叫"月牙堡"，而叫"吴家河"。可能当时吴姓人数居多。但据知情人士讲，后来这个古堡内主要居住的有四大姓氏：杨、柳、岳和秦。而且这四大姓氏的年长者皆为乡贤、绅士，有名望于桑梓，得众人之爱戴。

　　我们不妨猜测，能在大河中央建筑"孤堡"者定是实力雄厚之人，其夯基之厚，设计之妙，是会宁众多古堡鲜见的。民国时期，会宁修筑了大量的古堡，据不完全统计有700多座。古堡集中反

月牙堡矗立在厉河中央，环伺八方（张伟军　拍摄）

映和代表了那个时期的文化现象和文明程度。

　　封建社会时期，很多地方都处在偏僻山区，交通不便，属于"山高皇帝远"状况，匪寇多，各时期县志里均有记载匪寇袭击民居，掠夺财产、放火杀人凄惨事件。为防匪寇，早期的土堡以村落共同出资修建，主要利用其防御功能，躲过一时匪患。

　　清代经济繁荣时期应是康乾盛世之后的嘉庆朝，几乎每个村落有建筑一座土堡的风俗习惯。其原因有3个方面：一是地位身份象征，不同姓氏都在建筑一个属于他们自己的土堡，比拼财力；也有个人私建，因此大量耗资，最后走向没落。二是公益性质，作为大小不同姓氏到此集会活动，进行沟通，促进和谐，由此繁衍出了深厚的宗族文化。三是防御性，匪乱时期，到此避难，平时也可以仓储粮食等。

　　历史资料显示，土堡始于宋代，元代发展，元末明初成熟，明、清盛行。明代土堡数量很少，到清中期、晚期，土堡数量繁多，类型趋向多样化，土堡构筑既强调防御功能的设置，又注重装修和装饰，形式、题材丰富多彩，是土堡发展的鼎盛期。

由此可见，月牙堡的建设者不管从哪一个方面来讲，都应该是百年旺盛宗族。而敢于在厉河之上独立于外界者，定然不是等闲之辈。

清末至民国初，土堡的衍生品出现，除了中大型土堡外，新出现民居与土堡结合型、土堡微型化的现象，但强势的土堡防御功能始终不变。民国末年，土堡的构筑完全停止，取而代之的是半封闭式的土木结构堂屋，当然现在乡村里大多是砖木结构了。

据相关史料，会宁七八百座土堡中，城郭有30多座，都建在战略地位重要、军事地位险要的地方。大羊营城遗址位于祖厉河与关川河交汇处，是西汉祖厉县城遗址，也许是会宁境内建造最早的城郭。东汉安帝永初五年（111年），祖厉县又迁址于桃花山下的祖河厉水即将交汇的夹角地带，位置也十分重要。乌兰城遗址位于关川上游马家堡村西，修建于唐代武则天天授二年（691年），南面是一道幽深狭窄的峡谷，在此筑城设堡，大有一夫当关万夫莫开的架势。西宁城遗址在翟家所镇张城堡村，建于北宋崇宁五年（1106年），当时称甘泉堡，东西两面开门，外有瓮城，中设内城，有1/3坐落在山坡上，东、中、西三城相连，人们又称"三连城"。还有宋代的武举城，宋元时期的通安城，明代的甘沟驿城、刘家寨子乱马城，明清时期的翟家所城，宋金时期的郭蛤蟆城等。这些"城"自然离不开土堡的奠基。

说了这么多土堡的演绎历史，我想土堡之于特定时代的重大意义不言而喻。

当我背着相机穿过土堡深邃的土洞门时，眼前一亮，堡内平坦宽阔，几处塌圮的土墙倾倒在衰草中，墙上的"蜂洞"似乎还萦绕着蜜蜂的嗡嗡声，箍窑的曲线镌刻出生活的周遭。这时候，

月牙堡现为白银市文物保护单位（张伟军　拍摄）

头顶盘旋去了几只乌鸦，共鸣了几声，飞向了远方的天际。不过，它们很快又飞回来了，也许这里才是它们的栖息地。人类历史的演进，是不是和其他飞禽走兽不断角逐和换主场的历史呢。

据分析，明代时的这个古堡应是方形结构。几百年来，厉河之水的不断冲刷和匪患侵袭，古堡遭受到了比较严重的损毁。后来，为了避免河流对墙体的冲刷，乡民在"郭举人"的领导下进行过一次改道作业。即将南来之水，改道经石虎山脚下向西流出。我们现在看到的月牙堡并不是最原始的堡子，而是在民国后期由乡绅杨镜堂和荣川等投资并组织乡民重新夯筑的。新修筑的堡子，形似月牙，被后人称为"月牙堡"。

会宁的很多土堡都有着很深的红色情缘。在那个战火纷飞的年代，土堡成了最可靠的后盾。

月牙堡作为会宁县城周边独一无二的堡垒，自然也成了革命之火的燃烧之地。据说，中国共产党的地下工作者和冠英、吴江澜、

残存的墙体（张伟军　拍摄）

梁达、冯琯、康正芳和柳连碧等多次在这里召开秘密会议，推动会宁武装革命。

1936年，中国工农红军会宁会师后，这里是红十五军的驻扎阵地。红军在这里和乡民上演着感人的鱼水之情。这些关于红军的故事，现在很多老人还能记起。

20世纪七八十年代，因为平整土地，土堡的部分墙体被当做肥料平整在了土地当中。

兴盛的时候，月牙堡内还设立了私塾，专门教村里的孩子读书识字。一个个中国汉字，带着华夏民族的基因和倔强，在古堡夯实的黄土层上凿刻，从上古到秦汉到清末到民国到新中国……那是一段最温柔的岁月，于开卷中，看到中华文明的天际线，昆仑山、长城、长江和黄河。一瞬间，你会觉得用文化积聚的力量，才能点亮自身的光芒，穿透茫茫黑暗，不沉没于乱世，才会争得桃李芬芳。

社会的变迁，时代的发展，古堡的使命似乎也在终结。1979年，最后一户杨姓人搬出古堡之后，这里已然成了历史的印记。烟火气永远留在了岁月的深处。有一天，当时光煮雨，这里走出去的人们是否还会举杯，为那段古堡岁月而礼赞，写下万千乡愁。原来，诗与远方，是那么的隽永和雄阔。

走下土堡的时候，一位牧羊老汉赶着羊群漫步在河滩，一刹那，时间放满了脚步。这个图景何曾相似，与几百年前的生于此的先民们一样。

古堡、大山、水流、滩涂、羊群、牧羊人、我……在当下这个时空存在着，又行走着，这些不起眼的细枝末节或许正在构成一个人类的大历史。

27　隐卧旱塬的百年古宅

　　在探访惠家庄清代古宅之前的一天，我与赵永胜取得了联系。他在电话里大概描述了这座古宅的历史脉络。他的一句话让我记忆犹新。他说："今天，这样保存较完整的百年古宅在我们会宁乡村不多见了……这里面有我们这个民族百年的乡村记忆啊！"

　　百年古宅，隐卧在会宁黄土塬上，究竟钩沉着怎样的家族和时代记忆。民国九年近在咫尺的海原寰球大震之后，此宅为何修缮而一直保存至今。那"锁了一院清代"的宅子里，真得有不为人知的秘密，抑或乡愁吗？

　　探访当天，是立夏后的第二天，旱塬大地上吹来的风热烘烘的。惠家庄显得格外宁静。从白草塬镇上绕过不到一千米的硬化路，就来到了此次探访的目的地——惠家庄村惠德义的家里。在其宅院不远处前有一座庙宇，四角风铃随风而动，声音清脆淡远。

　　古宅外面新修建的砖木房屋格外耀眼。一位女子正在拾掇饲草。古宅大门一侧的墙壁已经破败，衬托着古宅在岁月长河中的倔强与坚守。

　　看见我们一行的到来，左邻右舍也赶过来凑"热闹"。似乎这个百年古宅，就会摇身一变成为"某某旅游胜地一样……"

站在古宅大门口，一眼望去，错落有致的建筑一直延伸到院落里的正房处。显然，这座古宅是按中轴线设计的。建筑呈对称性。宅墙上剥落的土坯、悬挂在大门口的匾额等充满历史厚重感的物件勾起了我们的探寻欲望。

民国九年（1920年），甘肃海原、靖远、会宁等地

古宅的大门（张伟军 拍摄）

发生了骇人听闻的寰球大地震。关于这次地震的情况，据1921年元月21日南京的《民国日报》一则"甘肃省官绅乞赈电"新闻说："甘肃于去岁12月16日晚9点钟地忽大震，省城震六七分钟之久，毁屋伤人。越日复继续小震。至今日止，根据天水、通渭、会宁、靖远等县先后报告，此次地震非常剧烈。或10余分钟至20分钟，城堞圮落，房屋倒塌，死伤不可胜计。"

此次大地震之后，此座宅子虽有圮落之处但依然矗立于旱塬之上。震后修复一直到今天，期间几次维护，除了院里两座20世纪90年代建造的土坯房塌陷以外，古宅基本完整地保存了下来。

赵永胜赞叹："这里锁了一院的清代，这里记录着我们的乡愁。"

宅院里的建筑基本都是松木与青砖的精美搭配。那一道道刻

痕犀利而匀称，苍劲而规整。不管是砖雕还是木雕，都体现着当时作为寿官的恵家祖上是多么的荣耀和精神上的富有。寿官者，多为"德行著闻，为乡里所敬服者"。看来，这座古宅蕴含的不光是百年宅院的记忆，还有一

古宅房梁上的牌匾，书写着"恩荣杖园"（张伟军　拍摄）

位老人与这个老宅的故事。穿过外墙的大门，不过10米多距离便是这座古宅的宅门。大门上悬挂着"名彪天府"4个大字，苍劲有力。赵永胜说："这方匾是新中国成立前民国省政府赠送的。由于年代久远，匾上的小字全部脱落了，现在只剩下这几个大字了。虽然有些惋惜，但毕竟挽留了一些可研究的东西。"

宅门上头两侧的砖雕实为精妙，似花非花，似鸟非鸟。赵永胜解释说："这个我还没研究透，我感觉是花和鸟的综合体，象征着某种祈愿。但这从雕琢艺术上讲，实在是很精妙的。"他指着宅门两侧的约30厘米宽的条形装饰说，这个其实是很好的，关键那时候的匠人真的"巧夺天工"。

进入宅门，就到了过厅。过厅两侧各有一室，供人休憩。夏天的季节，这个过厅里面很是凉爽，通风性好。这个过厅建在堂屋与大门中轴线上，是座木结构的建筑，看起来很是结实大方。和赵永胜一起的伏孝礼指着弓形屋顶说："这过厅结合了歇山式

和卷棚式两种屋顶，巧妙地将屏风连接在了过厅上，设计得多么独具匠心啊。"

赵永胜情不自禁地讲道："这院老宅，不仅是一院经典民居。更有我们的民族记忆，有我们的精神传统，它体现了我们的先辈们特有的审美观和文化创造。很好的保存这样的老宅，不要让它失去，不就是记得住了乡愁？"

以乡土情结和宗族制度维系的乡村社会，总是别于西方社会的乡村文化。在一个极速发展了几十年的中国农村社会来说，古宅一词大都会被当成一个极富有"文化"符号的东西来看待。不过有些看待的眼光是历史的，有些则是带有偏见的。我在宅院里伫立了一段时间，打量着这里的每一处角落。

正房建筑的设计是"深门浅窗"型的，据说现在不多见了。门凹进去，窗户凸出来，看着多少有点别扭。正房过厅古匾上"恩荣杖国"4个大字熠熠生辉。上款"花翎同知衔署理兰州府靖远县正堂樊为"和下款"光绪三十三年木月吉日寿官"清晰可辨。探访人员开玩笑："'杖'字多了一点，怎么写错了。"随行的书法爱好者周旭东说："'恩荣杖国'的'杖'字右上角多了一点在书法上来讲，不是错误的，是为了章法上的平衡。"正房里面中堂上边挂着一副匾额"瑶池生

古宅大门上的雕砖（张伟军　拍摄）

香"。黑色的木质底板把4个大字衬托的立体感极强。上款写到"大乡望惠老大人恩荣八品寿官",下款是"赐进士出身例授奉直大夫吏部选用知县万宝成顿首书"。

匾下是一幅巨大的惠家先人影图(先人案子)。改朝换代,时代变迁,然而一代代的惠家人心怀敬畏,留住了自己的家族文化传统,留住了自己民族身份的记忆与认同。

热爱古文化研究的曹振华说,现在来看,宅子的实用价值并不高,布局也不尽合理。但在那个时代,这可是乡间最具有代表性的建筑。不过,我们也为在今天能目睹到这样的宅子而感到一丝欣慰。

惠德义说:"我们亲堂兄弟12个,现在到了晚辈这一辈有30多个人了。这座宅子,我们一直在维护着。不管啥时候,都不想拆掉,毕竟是祖先留下来的。"

环视整个惠家庄,基本被红砖青瓦的屋舍所占据。对于这样最后一座古宅,乡村很多人表示不解。不过,惠家祖辈的心中并不为乡间人的不理解而改观象征着祖上荣耀的宅院。

赵永胜握住惠德义的手深情地说:"你这是白草塬上站着的最后一院古宅,价值大着呢,有见证历史的价值,有学术研究的价值,有欣赏的价值,有旅游的价值,更有习近平总书记讲的记住乡愁的价值。"但惠家后人现在只能就这处老宅说道一二,对于这座老宅的百年前的故事却知之甚少。听研究者分析,或许老宅的主人因惠泽乡里、德高望重被当时的政府选定为陇上的乡贤榜样,并赐予各样的牌匾,以示褒扬。

探寻这处百年古宅,孝德为上的牌匾之外,我们对正房古匾上"恩荣杖国"4个大字又心生畅想,得到乡贤表彰的只是现今看护人的祖太爷,而惠家祖上应该有更大的荣光,这个神秘的惠家祖上古宅的真正修建者，曾经是清代朝廷的重臣，或经纬一方，或军功卓著，后来告老还乡，朝廷出资为其修建宅邸。

　　散落在旱塬大地上的文明碎片，好似一颗颗珍珠，点缀着历史的生命线，积淀着岁月的春夏秋冬。而关于对大地之敬畏，也许就是从这星星点点开始。

28 靖会电灌工程50年

今天，靖南会北所有的绿色及希望都和这项跨世纪的民生工程有关，它就是靖会电灌工程。它无疑凝聚了几代靖会人的心血。

群众形象地把其誉为20世纪70年代的"救命工程"、80年代的"脱贫工程"、90年代的"致富工程"，21世纪的"小康工程"。

之前对管道的感受不深，只觉得它是很简单的设施。可当我真正凝视和关注它的时候，我才发现它是那么的动人。它穿越沟峁梁塬，载着黄河的水，流淌进养活人的土地。它是血管、是动脉、是保证一方人民群众安居乐业最基本的生命之源。还有那一道道的水渠，纵横在阡陌中，叮咚的水流碰撞出朵朵水花，缓缓地流淌。

我们追寻着这样的壮举，歌颂这样的雄浑，触摸这样的温柔。就是为了找到关于水的善和美。我想，最大的善和美，不就是对苍生的关切吗？

这就是该工程的至善之功。

靖会电灌工程，因工程地跨靖远、会宁两县，使祖厉河部分川塬地共同受益而得名。1971年9月，省水利电力局第一勘测设

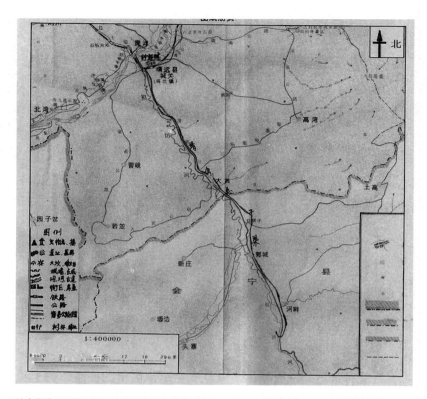

靖会电灌工程总干渠示意图（张伟军　提供）

计队、定西地区和靖会两县共同派出工程技术人员，进行现场勘测和规划，11月，提出"靖会电灌工程规划要点"，灌区规划为两川、三塬，灌溉面积30万亩，1977年列为省重点基建项目。工程于1971年11月开工，成立靖会电灌工程指挥部，由2.5万民工建立两个民工团，先后按施工地点组建6个工区，展开百天大会战。

　　1971年9月，甘肃省委做出了"以工代赈，生产救灾，兴建靖会工程的决定"。总体安排在"四五"期间基本建成，逐年发挥效益，同时明确提出了"自力更生、艰苦奋斗""依靠群众、兴办水利"的指导方针。同年11月，靖会工程破土动工，工程沿线人山人海，可谓大地起宏图，处处是战场。勤劳的靖会人民高歌猛进，不畏天险，逢山辟路、遇水架桥，展现出一幅战天斗地的壮丽画卷。

1973年5月，靖会工程总干渠建成通水，汩汩的黄河水涌入干涸的土地，润泽了万亩旱塬。黄河水的引入，救活了不知多少人畜的生命，靖会工程成了名副其实的"救命工程"。此后，靖会工程提水流量达到每秒7.2立方米，灌溉面积达到13.69万亩，靖南会北两地受益人口超过7万人。靖会工程是甘肃省中部干旱地区大型骨干水利工程，设计提水流量每秒12立方米，设计灌溉面积30.42万亩，最大提水高度529米。工程北起靖远县城西黄河右岸，南至会宁县城，东至靖远县三场塬和会宁县白草塬，西抵会宁县头寨镇，灌区受益区为靖远县乌兰镇、大芦镇、高湾镇，会宁县郭城镇、头寨镇、河畔镇、白草塬镇、甘沟镇、柴家门镇、会师镇等10个乡镇，受益人口23.6万人。其中靖远县6.9万人，

输水管道（张伟军　拍摄）

会宁县 16.7 万人。

从 1984 年起至今，靖会工程先后经历了"两西"建设期、续建配套与节水改造期、大型泵站更新改造和甘沟改扩建期，先后完成了旱山区群众移

提水管道（张伟军　拍摄）

民安置，提升灌区通信设施、翻衬渠道、改造渡槽等，以及甘沟干渠改扩建暨会宁城区供水应急工程，提水流量实现了从每秒 8.7 立方米到每秒 10.5 立方米的飞跃，实灌面积也从 21.5 万亩扩大到了 25.3 万亩。

靖会电灌工程为中型 3 等电力提灌工程，等级为三级，建筑物抗震烈度按 8 度设防，总干一泵站设计洪水标准按百年一遇设计，500 年一遇校核。有各类建筑物 1574 座，其中泵站 38 座，安装水泵 197 台（套），装机容量 5.75 万千瓦，川台地小泵站 84 座，装机 129 台（套），装机容量 4468 千瓦。总干一泵站设计提水流量 12 秒立方米，历年最大提水流量 9 秒立方米。有支渠 211 条，总长 342.7 千米，支渠建筑物 4891 座。斗渠 1146 条，长 387.7 千米，斗渠建筑物 6362 座。建成 110 千伏变电所 3 座，输电线路 86 千米，6 千伏输电线路 123 千米。由白银变电所供电。

总干渠、峡门干渠和甘沟干渠从北向南，偏东约 15 度，基本成直线形，共长 114.36 千米，在祖厉河两岸形成了狭长的河川灌区，南北长约 110 千米，东西宽约 4 千米，控制灌溉面积 16.03 万亩。

2020 年，靖会灌区被列入全国大型灌区"十四五"续建配套与现代化改造项目。项目总投资 2.75 亿元，主要改建渠道 68.39

千米。包括总干渠、白塬干渠、三场塬干渠、关川干渠和峡门干渠。涉及座槽、分水闸、退水闸197座。

近50年来，靖会工程灌区群众彻底摆脱了贫穷、解决了温饱，灌区内集市贸易、商务流通、民营企业、文化教育事业蓬勃发展，农业机械化水平不断提高，人民安居乐业；另外，该工程也是靖南会北地区人饮安全项目的唯一水源工程，通过节水改造，利用节余水量，基本解决了周边极度干旱地区20多万群众的吃水难问题；在灌区林网化建设的带动下，大力发展生态工程。工程的经济效益，社会效益、生态效益都非常显著。

经过近50年的建设和发展，靖会工程已成为维系靖会两县10个乡镇、20多万灌区受益群众生产生活的命脉，为该地区粮食安全、经济发展和社会稳定发挥了巨大的支撑和保障作用，同时还为灌区周边干旱山区的16万多人及会宁县城区13万多人的生活用水提供了有力保证。

提灌上来的黄河水，经过这样的小渠分流浇灌出了一片片希望的田野（张伟军　拍摄）

29　跨世纪，引"洮"入会

　　过去，会宁是国家扶贫开发重点县，现在是国家乡村振兴扶持县。十年九旱，水资源奇缺，"年年有小旱，三到五年一中旱，七到十年一大旱"是会宁的基本县情之一。水对于会宁，是一个"天大的事"，会宁的全面发展，水是至关重要的要素。

　　等待了近60年，洮河的水终于来了！它荡漾着清波，翻滚着浪花，带着希望，载着使命，蜿蜒在旱塬，流淌在心田。

　　2016年3月6日，会宁水利工程建设史上供水线路最长、覆盖面积最广、受益范围最大的引洮一期会宁北部供水工程正式通水。这标志着会宁北部11个乡镇的25万人民群众将正式喝上干净、安全、放心的洮河水。那一刻，会宁人笑着、感动着，他们真的是发自内心的欣喜，欣喜在这"希望的田野"。农业灌溉在2015年已经发挥效益，人饮工程在2017年已经逐步发挥效益，二期工程正在建设中，目前，会宁大部分地区实现通水。

　　有人感叹于言：陇中之难、陇中之苦，非经过而无法想象。

　　20世纪70年代，中央领导同志嘱咐当时主政的甘肃领导"解决水的问题"。在党中央和老一辈领导人的关心下，引洮工程于

引洮工程隧道

90年代初得以重启。又经过几届省委、省政府的努力，2006年11月，引洮供水工程再上马。

作为新中国成立以来甘肃省水利建设史上最大的一项水利工程，跨区域广、战线长、隧洞多、地质条件复杂等多种因素，让引洮工程建设难度非常大。

有人说："舀上一勺清水，半勺在止渴，半勺在呼喊。"

贫瘠的黄土地，苦涩的旱塬间，一度因为厚重的底蕴被无数诗人深情吟唱，也被海内外广泛关注。一个跨越世纪的延续，因为一个共同的渴望被苦苦的坚持着，水水水，还是水。只要提起它的名字，多少人都会汗颜，都会抹泪，这里面承载着，一半是期待，一半是无奈。

2013年2月，引洮工程进入最艰难的施工阶段。带着党中央的嘱托和数百万陇中群众的期盼，引洮建设者们扛起责任与担当，夜以继日地奋战在引洮一线，为陇中人民的生命之水保驾护航。

洮河水是希望水，洮河水是生命水，洮河水带来了产业发展的蓬勃生机，带来了群众增收的铿锵底气，也带来了那些不曾忘却的最初回忆。一池清波润万家，从此，曾经"苦瘠甲天下"的会宁大地，因为洮河水的到来，高山旱塬间开始焕发出了新生的希望和脱贫的梦想。

这些年，会宁县抢抓引洮一期会宁北部供水工程正式通水和引洮二期工程新建的有利契机，立足地域先天条件，用足水资源优势，探索产业扶贫新模式，不断盘活水利助推产业发展的最大要素，在中川、韩集等16个乡镇，开始探索推进以日光温室和塑料大棚为主的"万亩万座"设施蔬菜产业，通过引洮水的灌溉和这些产区的带动，引导全县蔬菜产业大规模、高质量发展，助力农户实现增收致富。

资料记载，洮河是黄河上游较大的一级支流，发源于甘、青两省交界处的西倾山北麓，在永靖县境内汇入刘家峡水库，全长673.1km。洮河流域总面积25527平方千米。

引洮一期工程总干渠1条，长度109.4千米；一、二、三干渠3条总长度145.6千米；安定区、陇西县2条城市专用供水管线长度28.4千米；18条灌溉支渠总长214.9千米；引洮二期工程是一期工程的延伸，渠线总长约571千米。其中总干渠长95千米；四、五、六、七、八、九干渠6条，加上2条分干渠，长300千米；18条供水管（渠）线，长176千米。

引洮供水工程干支渠总长1069.83千米，比洮河干流还长近400千米，是名副其实的"人工地下长河"。这一工程巧妙利用青藏高原、黄土高原的自然落差和地理环境，形成了引水自流灌溉系统。

引洮工程最早投建于1958年6月，开工典礼在岷县古城举行。

甘肃省引洮工程一期供水工程总调度现场（来源：新华社）

工程采取"边测量、边设计、边施工"的建设方式。17万建设者高举着"水不上山不回家"的保证书，在洮河畔向世人宣示了大干苦干的决心。宏伟的工程规模，高涨的革命热情，引起了举国上下的关注。最终因当时技术水平和经济条件的限制，被迫于1961年6月停建。3年建设期间，国家共投资1.6亿元。在此之后，甘肃省研究解决甘肃中部地区水资源严重短缺问题的举措和办法从未停止过。1992年，省委、省政府再次将引洮调水工程列为甘肃中部地区扶贫开发的重点项目提上了议事日程。

十多年间，经过反复勘测，反复论证，反复提交，不断完善，最终于2006年7月，国务院常务会议审议通过了引洮项目可行性研究报告。8月，引洮供水一期工程正式立项。

在工程实施过程中，针对工程隧洞长、地质条件差、无供电条件的洞段，建设者们打破传统水工隧洞监测设计理念，从桥梁、电力、石油石化等行业汲取经验，采用了光纤光栅传感器和分布式应变感测光缆技术，解决了传统水工隧洞监测中无法连续监测的行业技术难题，既能对隧洞、渡槽、暗渠等建筑物结构稳定性整体把握，又能对围岩类型较差地段、断层带、裂隙带等重点部位单独监测，真正做到了全方位立体式监测。光纤传感技术在引洮二期工程中的跨行业成功应用，对于水利工程行业发展具有里程碑式的意义。

2006年11月22日，九甸峡水利枢纽及引洮供水一期工程全面开工。此项大型跨流域调水工程，由九甸峡水利枢纽及供水工程两部分组成，计划分两期建设，一期工程建设包括九甸峡水利枢纽及引洮供水一期工程。引洮供水工程以洮河九甸峡水利枢纽

甘肃省引洮供水工程总平面布置图（来源：360百科）

工程为水源，供水范围西至洮河、东至葫芦河、南至渭河、北至黄河，受益区总面积为1.97万平方千米，涉及榆中、渭源、临洮、安定、陇西、通渭、会宁、静宁、武山、甘谷、秦安等11个国家扶贫重点县区，155个乡镇，总人口约300万人。

洮河，是奔腾的生命之河。

洮河工程，是扛鼎区域发展的大动脉。

30 王家大院，400年历史风华

　　这是一方红色的热土，这里是会宁名副其实的"红色明珠"。这里回字形土堡演绎并浓缩着历史的印记，走进闻名于陇上的王家大院，回味一段荡气回肠的红色之旅。

　　穿越历史云烟，触摸400年岁月沧桑。红堡子"王家大院"一直是媒体关注的焦点，在全国各地颇有影响力。这个院子是一个综合性的"文化容器"。是一个名副其实的集民俗文化、古陶文化、戏曲文化、红色文化等于一体的文化大院。该宅院始建于明代，呈回字形土堡结构，内堡是四合院建筑，内外堡之间有100多孔箍窑，是当地乡民躲避匪乱的场所。"陕甘回乱"时期，这个堡子硬是护住了当地2000多人的性命。其设计水平和坚固程度当堪一流。

　　王氏家族明末定居红堡子，耕读世守，孝友可风，距今已逾400年。民国十八年（1929年）甘肃大旱，王瀚、王裕龄开仓放粮，赈济灾民，百姓为表达救命之恩，为他们树立"保障一方""雪中送炭"石碑一块。从王氏祖上行善一斑，可窥后来开门迎红军的历史壮举。王东良感叹道，因为，红军是咱老百姓的队伍。

红军长征红堡子纪念馆（张伟军　拍摄）

王家大院的历史，承载着王氏家族百年"积善行德"家风；王家大院的传统，凝聚了王氏家族"耕读传家"的文化；王家大院的收藏，浓缩了乡村千年变迁的历史。王氏家族当年开办学堂育才化俗的善举，已演绎成造福桑梓的大爱惠及乡民；当年悬壶济世治病救人的德业，曾扩被成红军医院的功行享誉杏林；当年济弱扶倾振穷恤贫的懿行，早植艺在四邻八乡的心田在发扬光大；当年开门迎红军倾其家资济助红军的壮举，已形成红色文化情结在世代传承。

王家文化大院是甘肃省级文物保护单位，白银市爱国主义教育基地。大院内的会州博物馆是甘肃省政府确立的示范性非国有博物馆。20多年，王东良、王琳夫妇自筹资金把所有的心血都倾注在了这座宅院。其无疑承载着王氏家族的精神信仰。显然，对于王东良、王琳夫妇来说，这座宅院成了他们毕生的"成就"。

争睹红旗漫卷，钩沉80载红色记忆。红堡子是会宁"北大门"，地居"丝绸之路"北线，是古今军事战略之要冲。西面巍巍卧牛，响河鸣瀑，祖厉贯境，东面丘陵绵延，兔儿弯山从东南向西北缓缓伸展出去，在紧要处形成一个半包围的平缓地……这块风水宝地就是"中国工农红军红堡子烈士纪念碑"和"红军先烈黄连长佚名之墓"所在地。"这座纪念碑是2014年5月6日开始建设的，该年8月1日竣工的。塔高9.29米，寓意1936年9月29日红堡子战斗。"

1936年9月上旬，红一方面军的领导来到红堡子村，与当地武装团总王瀚秘密接洽，商谈红军进驻红堡子事宜。王瀚深明大义，打开堡门迎接红军。并向其捐资3000银圆，500多石粮食和

1938年，王瀚与甘肃省抗战青年团部分代表合影（王东良　提供）

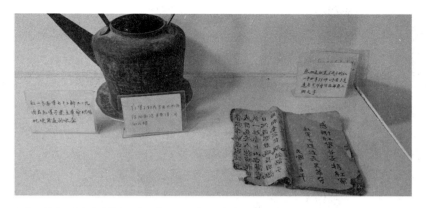

红堡子村民马老太太为徐向前泡米黄馍馍用过的水壶（张伟军　拍摄）

一批枪支弹药。更具有战略和历史意义的是，在红堡子设立了红军一、二、四方面军协调中心，四方面军指挥部，靖远渡河指挥部，"西北抗日农协会"，红军官兵在此居住生活战斗长达52天。在当地大名鼎鼎、正义凛然的王瀚正是王家大院（会州博物馆）负责人王东良的高祖父。现在提起王瀚，红堡子人大多称他为"瀚爷"，一位铁骨铮铮的"汉子"。

王东良拿出了一块铜体雕印，上面是4个人的合影，印有"民靖万川苑"等字样。他说："这是我们王氏家族的王鹏龄和地下党万良才等人的合影，为保护地下党，王鹏龄和他们结为兄弟。当时红军就住在我们博物馆的原址，在这里征集粮草，准备宁夏战役、海打战役。"在众多展品中，一张写着"感谢红堡子支持红军"的字条，引起了我的注意。字体工整娟秀，落款是红军七连连长吴华夺。王东良说，1936年9月中旬，会宁会师前夕，红堡子发生了战斗，当时红堡子地区的群众给红军支援粮食达500多担，还支援了枪支弹药等军需品。时任红一方面军73师219团7连的连长吴华夺为表感谢，便写下了这个字条。

王东良说："这是我们王氏家族的王鹏龄和地下党万良才等人的合影。他们在这里征集粮草，准备宁夏战役、海打战役。"（王东良　提供）

一张发黄的字条承载着军民鱼水情深的故事，一件件展品开启了一段段红色情缘。"红军来到咱村庄"，这片热土上留下了许多红色遗存和红色轶事，更留下了永不褪色的红色记忆。

"知所从来，方明所往。"2021年，为纪念中国共产党成立一百周年，王东良精心准备了一万张党报、一万册党刊、一万本党的图书进行展览，让广大人民群众了解党史、学习党史。让大家重温党的光辉历史、缅怀中国共产党为人民谋幸福、为民族谋复兴的崇高精神，铭记党的伟大历史贡献。他喜欢文学、深爱民俗文化、常年研究红色文化，有着极其深厚的"文化情结"和"故乡情结"。

20年来，王东良夫妇俩把几乎所有的积蓄和精力都花在了这座宅院。他说，人一辈子，要有一个追求。这个追求和国家、民族有关。爱国，有时候很简单，就是用自己的实际行动为国家的历史，时代的叙事做一点积淀性的事。

现在，我每一次经过红堡子，总会去注意那矗立在路边的一块牌子，它上面写着：王家大院、会洲博物馆。那背后是一个家族的历史，民族的信仰、国家的力量。

31 山背后，有故乡的人不孤独

因为"记住乡愁·归去来兮"西海道家塬金秋笔会颁奖典礼而让这个曾名不见经传的村子——山背后，又一次触碰到了与会嘉宾及村民的泪点。活动背后所折射的乡村问题，也一度引起大家的共鸣。

这里的故事又一次体现着乡愁的力量，体现着乡村振兴所必需的文化养分。一个村庄里的中国，一个中国里的村庄，给我以深深地思考……愿年年秋风起时，有我们如约以赴的脚步。

下山的路蜿蜒、急弯多。馒头状的山头绵延到视野的尽头。收割过后的玉米地里，秸秆绑成捆簇拥着。种土豆的地里，枯萎的茎叶匍匐在地上。

这次活动的主要发起者、组织者武志元先生介绍说："那时候，我还是咱县（会宁）里宣传部部长，那部感动了万千学子的教育纪录片——《脊梁》就是在这个山沟沟里取得素材。转眼好多年，山还是那座山，这里的人走出去了很多，也回来了很多。这座山里，有我们的根和脉啊。"

我问武志元："您说，这么贫瘠的地方，我们的发展机遇在

山背后的背后依然是山，会宁教育励志片《脊梁》曾在这里取景拍摄（王兴国　拍摄）

哪？"他望着车窗外连绵起伏的大山说，这里看似很贫瘠，但这里的百姓大部分都还在耕种，土地撂荒现象倒不严重。从客观实际上来讲，这里发展产业是比较难的，因为自然环境等束缚，产业形成不了大的气候，很难解决产业链的问题。但这里有深厚的历史文化，这里有"山背后"人的乡愁，守住一个村子的文化就守住了村子发展的阵地。以后的发展，离不开就近城镇化的路子，乡村资源要进行再次整合。但无论怎样发展，有乡愁，有文化，有根脉的发展才是可持续的。

　　绕过一个急弯，山背后文化广场尽收眼底。那里正彩旗飘飘，人头攒动。金秋笔会的颁奖典礼在这里举行。

　　一位学者说："当我真的来到山背后时，我有些迷茫。茫然四顾全是山，每座山都面对着我，光秃秃一览无余，而每座山的背后，又似乎隐藏着什么，不可告人，令人捉摸不透，使我疑惑重重。天下那么多山，每座山都有自己的背后，为什么会宁县新庄乡（西海道家塬）这个不起眼的地方，就赫然地叫做山背后？

真让我百思不得其解。山背后的背后，究竟是怎样的天地乾坤？究竟是怎样的五行阴阳？究竟是怎样的人事过往？"

一连串的发问之后，他说："中国的农耕文明，是中华文化的根脉。中国40多年的城镇化、工业化高歌猛进，城市发展的基本脉络是大踏步地发展，城市越来越繁荣，乡村显得越来越凋敝。失去了本根性的城市现代化，没有了乡愁的城镇化，不能与乡村协调发展的城镇化，有魂魄吗？"

他向着大山，向着现场所有的人喊出了：艺术的路万千条，自己的路只有一条；出去的路万千条，回家的路只有一条……

那一瞬间，武志元的眼圈红了。又在他站起来致辞的一刻，他的泪水滚落了……现场寂静得只能听见自己心跳的声音。是什么力量，如此细腻又伟大！武志元深情地说："这个秋天，我们与文学同行，一场有关文学与艺术的旅行，不经意间，在道家塬的山梁沟峁之间铺陈。"

"记住乡愁·归去来兮"，这个主题催生了文人学子的情思。我们本想仅仅立足于山背后农家书屋和旭珈书院，通过读书、用

书、写书在全民阅读活动中激起一泓涟漪，不料却荡成了波澜。

他感叹：一叶知秋，又见霜叶红，西风拂面，几度乡愁袭。总有远方让人奔赴，总有梦想让人神往。2000年前的古希腊哲学家亚里士多德说过：幸福是把灵魂安放在最适当的位置。而山背后农家书屋和旭珊书院要做的正是这件事。

我记得熊培云先生说过："有故乡的人不孤独。"吴冠中说，"风格是画家的背影。"安德鲁说："艺术创造不是追寻源头，而是探索未知。"毕加索说："创作时如同从高处往下跳，头先着地或脚先着地，事先并无把握。"乡愁是人类的共同情感，每个人都有各自不同的乡愁小纠结，她藏在山的背后，等待机缘，用心灵的钥匙，用艺术的表现，去发掘激活。

从一个长远的视角来看，山背后文化是基因，是游子精神家园的栖息地，如果要让很多个"山背后"留住乡愁，需要更多年轻人"归去来兮"！

山背后全景图（王兴国　拍摄）

32　"乡村名片"入画来

农村美，中国会更美。

我国的城市化率逐年攀升，"十四五"规划和2035年远景目标纲要提出，"十四五"时期"常住人口城镇化率提高到65%"。可以预见，未来我国城镇化率仍将处于快速增长区间，城镇化建设将转向高质量发展阶段。有人认为，乡村振兴的核心不是发展农业，因为农业只占我国GDP的8%，15年前，我国农民的主要收入已经来自非农业。未来要想全面推进乡村振兴，核心必须是为农村居民提供较高质量的非农就业机会。在中西部地区，主要应该实施人口就地城市化，劳动力密集型产业仍然应是主力。

推进乡村振兴，我们还面临很多困难。不能简单认为仅凭规模化的种植或者养殖业就可以解决农业、农村、农民的问题。政府加大扶持力度是解决可持续发展的重要手段和良好机遇。但关键还是要激发乡村的内生动力，必须有一系列的机制创新。这些机制创新必须适应每一个地区的具体情况，不能一刀切，一个模式。在构建城乡融合发展机制上要深化土地和户籍制度改革，建立城乡人口双向流动机制，健全农民承包地、宅基地自愿有偿转让退出机制，探索金融和工商资本参与城乡一体建设的多元化合作机制，促进人才、资金、技术等要素向农村汇聚。推动乡村产业升级、治理效能提升，从而形成乡村产业强、人气旺的新局面。

会宁有很多"乡村名片"。它们用各自的特色彰显着乡土文化魅力。它们的规划发展也从一个侧面反映了这些年会宁在乡村振兴方面所呈现的实际状态。

进士故里·苏家堡

乡土、乡情、乡愁是乡村生命力的源泉。

苏家堡位于老君坡镇东北部，是进士故里，也是红军曾借宿休整的地方，文化底蕴深厚。"陇右三苏"及其乡贤文化、进士文化、廉政文化、教育文化等方面，独树一帜。"进士故里·苏家堡"是该镇打造的一个省级乡村文化振兴示范点。设置了进士旧居、进士文化园、进士山泉、进士步道、进士杏坛、进士茔地和西吉

苏家堡进士文化园一角（张伟军　拍摄）

震湖等"6+1"景点。其中，在进士文化园设计布展了进士旧居、进士简介、进士善政、进士碑文、进士翰墨、进士诗文、进士家风、进士办学、进士教育、进士逸事、赓续文脉等11个单元，内容涵盖从苏氏家族从穴居到筑土成堡，从单门独户之农耕到耕读兴家、学人接续的书香门第的所有经过。同时"进士故里·苏家堡"进士旧居还是一方红色田园。1936年10月21日，红二方面军总指挥部住进苏家堡，在此休整后前往将台堡。进士旧居北房设计布展将帅会合老君坡、红军住进苏家堡、贺龙撰联苏家堡、三句口号显壮志4个单元，对厅设计布展铁流汇聚会宁城、红旗漫卷老君坡、1936·高庙堡上军号响、司家团庄助红军、刘家团庄驻铁军、红色浸润张家川五个单元。

有人说，"进士故里·苏家堡"是珍藏在大山深处的"民间国宝"，是闪耀在历史长河中的"文化珍珠"，是流淌在民风民俗中的"精神血脉"。

童家湾，河畔摇篮

一个"童"字了得，让这里轻而易举俘获了很多游客的芳心。某次，我站在童家湾的观景台上，不由得在朋友圈写了一句话：站在童湾山巅，看见神来之笔，祖厉河蜿蜒而来……那"神来之笔"就是会宁县的整体规划蓝图——生态立县，绿色发展。

当时，祖厉河生态长廊治理的触角已经伸向了这里。会宁全县共计治理河道总长度43.15千米；其中，城区段长度为15.45千米，已治理长度14.34千米。河道生态的综合治理为发展旅游业、城区防洪抗灾和全县经济社会高质量发展奠定了坚实的基础。

说这里是镶嵌在祖厉河畔的"摇篮"，是因为这里厚实的民风触动了我对乡土中国的思考。一位20世纪60年代嫁到这里的老奶奶说起现在的生活，幸福滋味溢于言表。她说："现在村里不比城里差，村里有的城里没有。这不，城里人开始来村里旅游来了。"

为提升村庄文化内涵，童家湾还打造了童话巷、童话墙等主体景观。同时，还充分利用天然河道、黄土崖、窑洞，塑料大棚、四季果蔬、祖厉人家农家乐等要素，运用儿童游戏娱乐、家庭参与体验等方式，零距离触摸、饲喂、采摘、品尝、运动，参与的亲近体验，营造儿童亲水、亲土的童话氛围。

童话小镇别具一格，以"门"为主线串联起了白杨林海、时光之门、迷宫等18个景观。以挺拔的白杨林和紫香的玫瑰海布景，以柴门、童趣、小院三位一体构建美丽的田园小镇。童家湾社距离会宁县城10千米，凭借"北城窗口"和"柳湖湿地公园"的地理区位优势，童家湾被会宁县列为美丽乡村建设重点打造项目。

童家湾村口一角（张伟军　拍摄）

田家坪，守望谷仓

国道247线穿村而过，祖厉河蜿蜒了几个千年……田家坪，一个诗意盎然的栖息地，不光是物质的，也是精神的。进入村口，在一块高地上矗立着一个装粮食的物器，当地百姓给起了一个很温暖的名字——谷仓。

有了谷仓，也就意味着仓廪殷实了，告别了贫穷。谷仓，是农人的底气，它更像是农人的信仰。围绕农事活动，谷仓一直体现着一种力量，一直到迈入全面建成小康社会的今天，"谷仓力量"正输血乡村振兴，走向新的里程碑。田家坪村，人口数量较多的姓氏有田、王、徐、张等，其中田姓人口最多。根据现存田氏族谱记载，当地田姓于明朝大移民时期从山西迁移而来，经过600余年繁衍生息现有田姓人口370余人。当前，田坪村保留着

田家坪的乡村符号（张伟军　拍摄）

较为完整的农耕村落景象，人文景观丰富，具有比较深厚的民俗文化底蕴。近年来，人文田坪、金色田坪、红色田坪、谷仓田坪、绿色田坪发展相得益彰，具有发展乡村旅游的独特条件。

田家坪农耕博物馆（张伟军　拍摄）

看到谷仓，看到那些老物件，诸如犁铧、辘轳、簸箕、笸箩、马鞍……我身临其境，在依依不舍中，现代农业催生了新的乡村天地。原来，那和农业，工业，信息化社会形态迭代一样，成了一种必然。

当前，会宁县充分发挥"旅游+农业""旅游+林业""旅游+水利""旅游+互联网""旅游+文化""旅游+扶贫"等"旅游+"模式，以红色文化、教育文化、历史文化、民俗文化等为元素，重点主打富有本土特色的文化旅游节庆活动。同时，把乡村旅游作为乡村振兴的生力军、生态产业的排头兵，进一步优化基础设施条件，创新培育精品旅游线路，提高旅游服务水平，延伸旅游文化产业链条，带动旅游文化产业全面发展。

状元红新农庄旅游景区

会宁县状元红新农庄旅游景区位于丁家沟镇线川村，毗邻大墩梁红军烈士陵园。距会宁县城22千米，占地3500余亩。景区内风光旖旎，绿荫环绕，梯田交叠，阡陌纵横，是一处集旅游观

状元红新农庄旅游景区（张伟军　扫摄）

光、生活体验、康养健身、现代农业等业态于一园，融生产、生活、生态、文化等要素为一体的乡村旅游景区。

　　该景区立足当地自然条件，秉承因地制宜、协调布局的原则，坚持"农旅融合""文旅融合""商旅融合""康旅融合"思路，按照"一心、一廊、四集群、七大功能片区"①进行设计布局，以高科技生态农业为主基调，构建"农业＋科技研发""农业＋旅游观光""农业＋民俗文化""农业＋互联网""农业＋生活体验"的现代化农业产业体系，逐步形成以农带旅、以旅促农、复合创新、三生一体、三产融合、多元销售的产业发展模式。

厍弆，杏花烂漫

　　2018年，依托这里厚重的历史底蕴和文脉根源，通过挖掘深度贫困地区旅游文化资源，在探索实行农村"三变"②改革模式

①"一心"，即综合服务中心，即游客集散中心。"一廊"，即十里廊，即第一文化景观廊。"四集群"，即农业产业、乡村文创、综合服务、生态景观四大集群。"七大功能片区"，即休闲农业产业区、生态农业产业区、第一文化创意区、乡村综合服务区、第一文化景观区、乡村生态涵养区、滨水休闲区。

②"三变"：资源变股权、资金变股金、农民变股民。

库弄一角（张伟军　拍摄）

的基础之上，会宁大沟镇协同整合区域内塑料大棚、杏林、古堡、文物等自然和历史文化资源，率先开始了美丽乡村建设和乡村公益旅游探路。着力挖掘深度贫困地区乡村旅游资源的同时，突出地域文化特色，不断注重文化传承，将其与本土文化紧密融合、与当地资源紧密结合、与游客兴趣紧密贴合，着力打造以农耕文化为魂、以田园风光为韵、以村落民宅为形、以生态农业为本的乡村旅游，激发乡村旅游的无限生命力。库弄就是一个典型，它是引领式的开头，期待，库弄的杏花永远烂漫。

　　这些年，会宁县以农耕文化和乡村记忆为主线，以"望得见山、看得见水、留得住乡愁"为目标，通过民俗文化断片化、重塑化，并与时代特色有机融合，积极打造"红色圣地游、生态休闲游、历史文化游"三大会宁品牌，并不断打造新亮点、延长产业链，着力丰富乡村旅游深层内涵，全县实现了美丽农家和乡愁记忆有机融合，乡村旅游和公益扶贫协作互促。

红军村，如花绽放

雕栏玉砌应犹在，古老的南川大地蜕变生美。只不过换了容颜，南川的乡愁当然不能丢。项目建设区域有新石器时代遗址、东汉古城、明代古堡、明代驿铺、通商大道，百姓存藏大墩梁战役期间红军将士遗物众多，区位优越，交通便捷，发展文旅融合助推乡村振兴具有得天独厚的优势。或许每一个人都在心中勾勒过一幅梦想的"栖居蓝图"。诗意的栖居，就是人们对幸福家园、美好生活的定义和梦想。该村以红色休闲旅游为方向，以发展现代设施农业为重点，以乡村田园社区建设为亮点，着力打造村庄风貌提升、产业结构调整、农民稳步增收、区域生态优化的乡村振兴示范区。产业兴旺，民风淳朴，南川红军村亦是城市人诗意栖居的好去处。

红军村"胜利的号角"（张伟军　拍摄）

33　社火，千年的文化传承

　　那会儿，我上小学。父亲给我制作了一个"八角灯笼"。我是搭灯笼队伍中的"显眼包"。因为我的灯笼实在比其他人的灯笼大好多。只要一刮风，我就撑不住。灯笼会在我的手里随风摇摆。为了以防万一我"撑不住"，每天晚上不是爷爷陪我，就是爸爸陪我。不管怎样，灯笼搭起来就不能随便"缺位"。

　　在大多数乡村民俗文化的认知中，耍社火首先是为了敬天（神灵），其次是为了活跃乡村文化氛围。那时候，搭灯笼的优越感不亚于走在社火队最前面提灯的"头人"。不过我记得，那时候搭灯笼就是为了能吃上几颗糖。现在想起来，嘴角还会上扬，唇间似乎还留有余香。

　　老人讲，社火耍起来，最少要耍3年。这是约定俗成的规矩。

　　2009年前后，我们丁家沟镇麻岔河社连着耍了3年的社火。第一年的时候，我担任半拉子的解说员。解说词是我们村的一位教师张友铭写得。我记得一两句，大概是："火树银花不夜天，张灯结彩过大年。巍巍昆仑，滔滔大河……"不过10多年时间，如今的乡村社火早已经没有了那时候的味道。可能，社火也换了

会宁县2023年"庆佳节 闹元宵"社火汇演、猜灯谜活动在会宁红军长征胜利景园隆重举行（资料图片）

人间，也得与时俱进吧。

乡村有很多段子手，是耍社火的"灵魂"。他们的吐纳似乎才能把社火提上一个更高的维度。

"未开言，先拜年，精神文明礼当先。问候大家过年好，祝福人人都平安。进县城、来会演，父老乡笑开颜。热热闹闹表心愿，吉庆祥和福满天！迎新春、大会演，红红火火过新年。紫气东来祥瑞兆，八方聚宝会宁县！闹元宵、大联欢，太平锣鼓响连天。耍狮子、跑旱船，龙灯龙舟庆龙年！踩高跷、舞彩扇，彩旗彩车满街转。火树银花不夜天，民同乐好新会宁！新时代、新会宁，社会好的没边边。农民日子比蜜甜，不耍社火不自然！过春节、迎龙年，自娱自乐自己干。男女老幼齐排练，兄弟姐妹同台演！喊仪臣、说春官，言语和谐话新鲜。情真意切祝平安，福运送到心坎坎！"

这些段子中，我们能感受到人民群众的朴实和伟大。

社火这个集合中，有很多子项。比如扭秧歌、舞狮、踩高跷、脸谱、舞龙、腰鼓……在会宁的社火中，我觉得最核心的要数"眉胡剧"。它是一种很具有地方味道的戏曲。唱的、说唱的、对唱的、快板加顺口溜的，演绎历史故事的……

比如，眉胡剧《李彦贵卖水》选自《火焰驹》，剧情是宋朝兵部尚书李绶被奸臣诬陷入狱，次子李彦贵因与黄璋之女黄桂英订婚，往投未婚妻家，黄璋见李家遭难，意图退婚。李彦贵沦落街头，卖水充饥，黄桂英见父趋炎附势，不肯退婚。后得丫鬟梅英相助。

此外，还有诸如《新媳妇转娘家》《瞎婆娘顶灯》《对花草》《十杯酒》《下四川》……

眉户，属曲牌体。因其曲调婉转缠绵，常让人听得入迷，因此也被人们称为"迷胡"。它的贡调主要由小曲小调所组成，又名"曲子戏""清曲"或"东路曲子"，现通称眉户。主要流行于陕、甘、青、宁、新及晋南、豫西、川北和陕鄂交界处等地。

历史记载，眉户最早演出形式为"地摊子"清唱，清嘉庆、道光年间，逐步搬上舞台，在演出过程中，艺人们不断从地方大戏中吸收唱腔、锣鼓、伴奏曲牌、身段、扮相、服饰等丰富眉户的艺术手段和表现力，逐步发展为能够表现历史故事题材的戏曲剧种。早期的眉户演出，以"三小戏"（小生、小旦、小丑）为主。剧目内容多反映民间家庭生活故事。

我有一个亲房哥叫张映红，那时候村里耍社火时候，他还喜欢来几句。我记得他扮演过《新媳妇转娘家》里的新媳妇，还扮演过《顶灯》里的主角。至今，记得很清晰的两句是《赃官闹秧歌》

耍旱船，除了鼓点的节奏引导之外，这个环节还有专门的唱曲，唱曲也依据时代政策等，进行更变（资料图片）

里的两句唱词："大老爷、大老爷你别骂，我给你床前说好话。嗯哼哼、嗯哼哼，大老爷爱吃个猪肚子，脸老（面）好像个屎底子。大老爷爱吃个猪耙耙。脸老（面）好像个'母哈哈'……"耍社火的那些年，我搭过灯笼，舞过狮，耍过龙，打过鼓。那些经历，也积淀在了我的生命之中。

我们经常讲生命的宽度和厚度，我想经历是第一位的。

有人说，一代人有一代人的印记，更有那个时代刻骨铭心的记忆。黄土高原上生活的祖祖辈辈将毕生的精力都用在了继承与传承这么简简单单的几件事上，读书耕田，香火社戏。

那社火究竟怎么成了乡村文化中不可或缺的元素呢。尤其在中国西北，社火是一种很特殊的年味。

据说，社火，起源于中国上古祭祀活动。"社"为土地之神，

"火"即火祖，是传说中的火神。

"社火"亦称"射虎"，是指在祭祀或节日里迎神赛会上的各种杂戏、杂耍的表演。火具有红火、热闹之意。

社火产生的年代相当久远。它是随着古老的祭祀活动而逐渐形成的。远古时候的人类生产力极其低下，原始先民们对人类的生死及自然界的许多现象，如对日月、灾荒等既不能抗拒，也不可能理解，只能幻想借助于超自然的力量来主宰它，于是创造出各种各样的"神"。当社会生产由渔猎转入农耕，土地便成了人类赖以生存的基础，于是渴望风调雨顺、农作丰收或驱鬼逐疫的祈禳性祭祀活动便产生了。

《礼记·祭法》中载："共工氏之霸九州也，其子曰后土，能平九州，故祀以为社。"相传水神共工的儿子勾龙是社神。共工长得人脸蛇身，满头红发，性格暴烈好战。一次他和祝融（传说火神）作战，一怒之下头触不周山，竟把撑天的柱子碰断，顿时天崩地裂，洪水泛滥，多亏女娲炼了五彩石及时把天补好。勾龙见父亲闯下大祸，心理非常难过，于是把九州大裂缝一一填平。黄帝见状，便封他为"后土"，让他丈量并掌管土地，从此勾龙便成为人们祭祀的社神。传说那位触不周山的共工有个儿子死后变成了瘟疫鬼，到处散布瘟疫，这个瘟疫鬼啥都不怕，就怕响器烟火，故产生了击器而歌、燃放烟火以消灾祈福的民俗。社火起源于火，发展于社。远古时代，火的出现，结束了人们茹毛饮血的荒蛮生活。人们对火奉若神明。因此，每遇灾害、瘟疫就"施烟火及作金钢力士以逐疫"。

民俗学家顾颉刚先生在《古史辩·第一册首序》中是这样记述社的："社是土地之神，从天子到庶民立有不等的社……乡村祭神的结会，迎神送崇的庙会，朝顶进香的香会，都是社火的变相。"

追溯"社火"起源，它与远古时的图腾崇拜、原始歌舞也有着渊源关系。图腾崇拜在我国历史上经历了极为漫长的时间。原始社会的人们，把本氏族的图腾标志雕刻在石壁、木柱或刺在身上，画在脸上，有的还制成面具。每逢祭祀的时节，人们在身上绘有图腾图案或戴上图腾面具，边击打着劳动工具，边跳着模拟图腾物的舞蹈，狂呼狂舞，祈望所崇拜的图腾能给予他们一种神奇的力量。

到了商周时期（前11世纪—前256年），宫廷里就有了逐鬼的祭祀仪式，周代称之为"大傩"，是一种带有巫术性的舞蹈。

《论语疏》称傩为逐疫鬼也。

《乐府杂录》记：驱傩用方相氏，4人戴冠及面具，黄金为四目，衣熊裘，执戈扬盾，口唱巫术咒语，在室内到处乱打，以使鬼惧怕而逃遁。随着岁月的流逝，经朝历代，这种驱傩由宫廷传入民间，逐渐形成巨大的民俗礼仪活动，演变为乡村祭神、娱神、迎神的赛会，并加进杂戏表演。这种古老的习俗一直沿袭至今，每年正月初一至十五，甘肃、陕西等地都要举行盛大的、热闹非凡的社火活动。

社火这一活动千秋万代地流传下来，但随着人类的进步，时代的演变，其形式、内容发生了质的变化，新的时代赋予社火以新的内容。"文化大革命"期间，古代剧目停演，社火也被斥为宣传"帝王将相、才子佳人"的"四旧"之一，被禁演。到了20世纪80年代，社火这一传统民间娱乐活动才得到恢复。随着时代的发展，如今，很多地方的社火从根本上摒弃了对"神"的崇拜和对祖先的祭祀，纯粹演变成了一种内容健康、形式活泼、名目繁多、生动有趣的文化娱乐活动，同时，也成为一种新民俗。

舞龙（资料图片）

　　今天，当再一次说起社火，我想用"我们的社火，千年的文化传承"来表达内心的喜悦和淡淡的忧伤。那里面有我们的文化信仰，有我们大地会宁的文化基因，它属于每一个人。

　　过年了，如果你回来了，如果刚好能遇到老家的社火，请你一定驻足看看，那场面和曲调，就是我们来时路上最具有生命力的风景和歌谣。

34　皮影，从坊间到国粹

　　皮影戏被称为当今"影视艺术的鼻祖"。因为它是中国最早出现的戏曲剧种之一。它是一门结合了戏剧、音乐等多种艺术手段的表演形式。它历史悠久，是最早传入西方的中国传统艺术。

　　20世纪90年代，我上小学。穿过我们村的公路上，一天到晚见不到几辆汽车。如果有的话，一般都是到"丁沟水泥厂"拉运水泥的老东风、老解放卡车。晚上，这些车就基本不见了……很多孩子们为了看车，总会在公路上蹲守。车是没有等来几辆，但等来了一场场"影子的艺术"。我们叫"牛皮影娃子"，也就是"皮影戏"。现在穿过村的公路上车水马龙，却守候不到那摇曳着的灯火，体会那剪影里的喜怒哀乐。

　　社会变迁，时代进步，"牛皮影娃子"却成了"孤独的艺术"。为了能够尽可能长时间的留住它，一座座非遗文化艺术馆诞生了……

　　皮影戏从有文字记载到现在，已经有1000多年的历史了。据史书记载，皮影戏始于西汉，兴于唐朝，盛于清代。元代时期传至西亚和欧洲，可谓历史悠久，源远流长。明武宗正德戊辰三年

皮影戏演出中（资料图片）

（1508年）北京曾举办百戏大会，皮影戏参加了演出。

另传，皮影自明中叶从兰州和华亭先传入河北涿州、后再传到京西、北郊农村，然后入城并形成东、西城两派。清代北京皮影已很普及。除深受农民、市民欢迎外，还进入到宫廷。康熙时，礼亲王府设有8位食五品俸禄的官员专管影戏。嘉庆时逢年过节等喜庆日子还传皮影班进宅表演。当时的北京影戏班白天演木偶，夜晚则于堂会唱影戏，有不少京剧演员也参加影戏班演出。

从这些相关史料中可以看到，甘肃是皮影戏传承的主要区域。而作为农耕文化历史悠久的会宁来说，皮影戏自然有其深厚的发展土壤。

2011年，中国皮影戏入选人类非物质文化遗产代表作名录。中国皮影戏有很多代表作品，诸如历史演义戏、民间传说戏、武侠公案戏、爱情故事戏、神话寓言戏、时装现代戏等等，无所不

有。折子戏、单本
戏和连本戏的剧目
繁多，数不胜数。
常见的传统剧目有
白蛇传、拾玉镯、
西厢记、秦香莲、
牛郎织女、杨家将、
岳飞传、水浒传、
三国演义、西游记、
封神榜等。从革命

皮影戏上演中（资料图片）

战争年代起到新中国成立后，新发展出的时装戏、现代戏和童话
寓言剧，常见的剧目有兄妹开荒、白毛女、刘胡兰、小二黑结婚、
小女婿、林海雪原、红灯记、龟与鹤、两朋友、东郭先生等等。

　　会宁皮影戏是流传于会宁县东南部和中部地区的一种民间传
统戏剧。会宁历史悠久，早在新石器时代就有人类生息繁衍，是
传统农耕文化的发源地之一，是古丝绸之路上的重镇。独特的地
理位置和历史人文环境，孕育和诞生了会宁皮影这一古老的民族
民间文化艺术。始建于明代洪武二年（1369年）的"陇西川乐楼"
就是皮影戏在当时盛行的有力见证。2007年，《会宁皮影戏》被
列入甘肃省非遗保护名录。

　　皮影戏在会宁也称"灯戏"或"灯影子"，在民间也有"牛
皮影娃"的称呼，主要因为它是由牛皮制作而成，广泛流传于会
宁东南部。它的制作讲究工艺性，这也是其最基础的技术环节。
传统的制作工序可分为选皮、制皮、画稿、过稿、镂刻、敷彩、
发汗熨平、缀结合成等8个基本步骤。可以说，皮影的艺术创意
汲取了中国汉代帛画、画像石、画像砖和唐、宋寺院壁画之手法

与风格。

　　牛皮的炮制方法有两种：一是"净皮"，另一是"灰皮"。净皮的制作工艺是在牛皮选好后，放在洁净的凉水里浸泡两、三天（根据气温、牛皮和水的具体情况掌握），取出用刀刮制：第一道工序先刮去牛毛，第二次再刮去里皮的肉渣，第三次是逐渐刮薄，刮去里皮。每刮一次用清水浸泡一次，直到第四次精致细作，把皮刮薄泡亮为止。刮时一定要注意使皮子厚薄均匀，手劲要轻而稳，以免损伤皮子。

　　雕刻艺人将刮好的牛皮分解成块，用湿布潮软后，再用特制的推板，稍加油汁逐次推摩，使牛皮更加平展光滑，并能解除皮质的收缩性，然后才能描图样。画稿前对成品皮的合理使用，也是一项细致的工作。薄而透亮的成品皮，要于用头、胸、腹这些显要部位；较厚而色暗的成品皮，可用于腿部和其他一般道具上。这样既可节约原料，又提高了皮影质量，同时也使皮影人物形成上轻下重，在挑签表演和静置靠站时安稳、趁手。描图样是用钢针笔把各部件的轮廓和设计图案纹样分别拷贝、描绘在皮面上这叫"过稿"，再把皮子放在木板上进行刻制。

　　雕刻刀具也十分讲究。刀具有宽窄不同的斜口刀、平刀、圆刀、三角刀、花口刀等，分工很讲究，要求熟练各种刀具的不同使用方法。根据传统经验，在刻制线状的纹样时要用平刀

皮影戏道具制作（资料图片）

制作皮影戏的工具（资料图片）

去扎；在刻制直线条的纹样时用平刀去推；对于传统服饰的袖头祆边的圆型花纹则需要凿刀去凿；一些曲折多变的花纹图样，则须用尖刀（即斜角刀）刻制。艺人雕刻的口诀如下：樱花平刀扎，万字平刀推，袖头祆边凿刀上，花朵尖刀刻。

演皮影戏的操耍技巧和唱功，是皮影戏班水平高低的关键。

"灯影腔"是会宁皮影戏最具艺术特色和地域特色的唱腔，秦腔、眉户、唢呐调、打击乐和白口的融合共同形成了会宁皮影戏独具特色的艺术形式。现有的300多册剧本140多个剧目，演唱内容主要为反映英雄人物的传奇类，反映孝道仁义的家庭婆媳、妯娌之间关系的伦理类。

皮影戏的戏台既巧又简，不是大家想象的那么高大上。它的"道"正在于这方寸间。其演出的戏台通常用长不足两米、高不过1米的白纸糊成长方形的影幕，置于桌案之上，以此隔开演员与观众。表演时，一人在影幕后捉线子表演动作并唱白，另几人在后台伴奏助演。没有电力的时代，皮影戏主要以油灯、蜡烛等为光源用以映射影人、表演动作。演员一般为5到7人或更多，演唱乐器有大鼓、干鼓、牙子、锣、钹、磬、二胡、板胡、中胡、三弦、唢呐、笛呐、笛子等。有的高手一人能同时操耍七八个影人。武打场面是紧锣密鼓，影人枪来剑往、上下翻腾，热闹非凡。而文场的音乐与唱腔却又是音韵缭绕、优美动听，或激昂或缠绵，有喜有悲、声情并茂，动人心弦。

由于皮影戏中的车船马轿、奇妖怪兽都能上场，飞天入地、隐身变形、喷烟吐火、劈山倒海都能表现，还能配以各种皮影特技操作和声光效果，所以演出大型神话剧的奇幻场面之绝，在百戏中非皮影戏莫属。

20世纪60年代初，年头节下、农闲时节，皮影艺人走乡串户，进庙出庄，辗转演出，红极一时。然而，随着科技迅速的发展，这门曾经给无数人带来快乐的古老艺术，几度没落到难觅传承人。在地方政府部门的关怀下，从20世纪80年代初的皮影调演，到20世纪90年代深入民间的非遗普查，再到非遗立项和新时代皮影艺术馆的筹建，会宁皮影戏得到了较好的保存和传承。

会宁皮影戏是一种以剪影表演故事为主要内容的戏剧形式，是秦腔与当地民间小曲相糅合的产物。

目前，会宁主要创作了《状元祭塔》《穆桂英挂帅》《香山寺还愿》《孝廉眷》《蛾隍阵》《黄河阵》《西游记》《武当山还愿》《高老庄》《杏园和番》等剧目。近10年以来，会宁县相继写出并排练了《血战大墩梁》《多彩白银》等反影节目，深受广大观众的喜爱。

35 吐纳芬芳，大地之歌

　　会宁大地之上的歌就是会宁民歌。它和老百姓最亲，因为它源于百姓。当黄土的呓语凝练成歌，歌就有了生命；当耕耘的犁铧碰撞出声响，歌就有了灵魂。

　　民歌，就是人民之歌。

　　从古至今，无论东西南北，每一时代、地域、民族、国家，在不同的地理、气候、语言、文化的影响下，都不期然会产生一类人类自娱、文化留传或生活实质的宣泄。他们会以不同的形色传递他们的历史、文明及热爱，而歌谣亦是其重要之一环，而社会学或大众俗称之为民歌（谣）。它和人民的社会生活有着最直接最紧密的联系，民歌是经过广泛的群众性的即兴编作、口头传唱而逐渐形成和发展起来的。它是无数人智慧的结晶，音乐形式具有简明朴实、平易近人、生动灵活的特点。

　　我国民歌有着悠久的传统，远在原始社会里，我们的祖先在狩猎、搬运、祭祀、娱神、仪式、求偶等活动中就开始了他们的歌唱。

　　如上古文献中记录的这样一首《弹歌》："断竹、续竹；飞

会宁民歌就诞生于这样的山峁沟梁间（周新刚　拍摄）

土，逐肉。"它十分形象地概括描写了原始时代狩猎劳动的全过程。全首民歌虽仅有8个字，却好像一幅栩栩如生的原始射猎图，是我们了解和认识原始时代人们生产和生活的珍贵资料和赏心悦目的艺术瑰宝。

　　古时候，百姓唱的歌就是《诗经》。

　　毛泽东曾经评价说，司马迁对《诗经》品评很高，说诗三百篇皆古圣贤发愤之所为作也。大部分是风诗，是老百姓的民歌。老百姓也是圣贤。"发愤之所为作"，心里没有气，他写诗？"不稼不穑。胡取禾三百廛兮？不狩不猎，胡瞻尔庭有县貆兮？彼君子兮，不素餐兮！""尸位素餐"就是从这里来的。这是怨天，反对统治者的诗。孔夫子也相当民主，男女恋爱的诗他也收。所以，民歌自古有之。它源于百姓的生活，是百姓长期生产生活"诗意"的结晶。

　　五四运动以后，随着人民革命运动的迅速发展，中国民歌进入了新的发展时期，反帝反封建的战斗主题便成为它新的特点和历史使命。

中华人民共和国的诞生，赋予了民歌新的生命，民歌创作进入了一个崭新的时期。劳动人民翻身当家做了主人，美好的前景，展现在人们的眼前，这正像一个人在经过艰苦跋涉的沙漠旅行后，突然看到了碧波万顷的大海，人们的情绪激动了，民歌不断从激动的心头流出来。

人们用歌声唱出了对新生活的无限热爱。人民创作了如《东方红》《咱们的领袖毛泽东》《浏阳河》《八月桂花遍地开》等传世之作。

会宁人民把"会宁民歌"唱给大地、唱给心中的家园。

会宁民歌大致分为劳动号子、山歌、蜡花小调、社火歌曲、风俗歌曲等类型，多以民间传说、生产生活、伦理道德、世俗人情等内容为主，表达着人们的悲欢离合、爱恨情仇，包含着人们

绿色家园，和谐共生（王兴国　拍摄）

对生活习俗、宗教信仰、思想态度认知的方方面面。

　　会宁历史悠久，早在5000年前的新石器时代就有人类生息繁衍，创造了灿烂的古代文明，是传统农耕文化的发源地之一。浑厚的历史文化沉淀，孕育和创造了会宁民歌这一独特的民间音乐之花。在有文字和乐谱之前，就出现了民歌。在漫长的历史进程中，劳动人民的口头歌曲以诗歌的形式保存了下来。自明清以来，会宁民间创作出了《绣荷包》《摘棉花》《牧牛》《尕老汉》《王家哥》《镰刀割了手》等一大批优秀的民歌。1936年，中国工农红军三大主力会宁会师，会宁人民创作了《会师山歌》，真实再现了当年红军会师的情景，成为当地群众耳熟能详的经典山歌。到20世纪六七十年代，会宁县文化馆整理、记谱、编纂了《会宁民歌集》，辑录会宁民间歌谣、小曲等200余首，是会宁民歌之集大成。

　　民歌在新中国的土壤上得到培育，像春天田野里的野花，连片密布，摇曳生姿。社会主义民歌创作的沃野展现在眼前，劳动人民的歌声冲天而起，响彻云霄。党和政府十分重视民歌的搜集整理工作，先后派出工作组对全国的传统民间文化，尤其是民风进行大范围的抢救挖掘工作。通过这些大规模的活动，使得流传于民间的歌谣得以典藏保存，为丰富和弘扬中华民族优秀民间文化做出了不可磨灭的贡献。

　　会宁民歌是会宁人民在世代的生存和抗争中充满才情与孔智的创造，语言明快朴素，诙谐自然，充满生命的活力。是由会宁人民口头创作，口头流传，并在流传过程中不断经过集体加工而形成的民间音乐。2010年，会宁民歌入选了甘肃省第三批非物质文化遗产保护名录。

　　会宁历史上为多民族聚集地，农耕民族和游牧民族在这里交流融合。严酷的自然环境和鲜明的季节差异，造就了会宁人民勤劳朴实、粗犷豪迈的性格特色。使会宁民歌从诞生之初就有着鲜明的地域文化特色。

会宁民歌有着广泛的传承性，是人们抒发情感、表达喜怒哀乐的重要艺术形式。田间地头、山谷河畔、节日庆典、农家院落，都有民歌的旋律飘荡。目前，会宁民歌艺人以口授心传为主要方式，在唱词、段落反复、伴奏手法、旋律装饰等方面都有大量的即兴创作成分。

民歌是人类文化中最宝贵的一个组成部分。它源于人民的生活，反映人民的生活，也广泛而深入地影响着人民的生活。因此，马克思说："民歌是唯一的历史传说和编年史"。

36 黑虎古调，蒙古式浪漫

黑虎岔河从村北东西穿过，3000米长的河岸线孕育了一方风情。600多年前，彪悍的蒙古草原民族，盛极一时的大元王朝逐渐走向衰落。流落于甘肃黑虎岔的蒙元皇室后裔昂空等人，迫受战争之苦，远离了弹着马头琴吼着蒙古长调的岁月，流落于这个叫黑虎岔的僻静山坳。

自然之道，"变"才是不变的，永恒的。昔日的蒙古贵族变成了黄土地上的平民。历史长河渐行渐远，但蒙古人骨子里的硬气和爽朗，依然洋溢在他们民族的长调里。草原和黄土地，蒙汉文化在碰撞中交融，在交融中诞生的黑虎古调别有一番韵味。

黑虎岔村在很多年前，并不为社会所熟知。这个位于会宁县郭城驿镇的小村子，在外人看来只盛产沙田籽瓜，与文化没多大牵连。但黑虎古调的被发现，整理和申遗才让黑虎岔村有了一份神秘和厚重感。

我乃蒙哥，可恨朱元璋那小毛贼娃子，夺走我大元江山，逼得我祖潜逃深山。我们只好隐姓埋名，牧羊为主。嘚儿决——，

黑虎古调演绎弹奏中（张伟军　提供）

想我蒙哥，堂堂一表人才①，你看那汉汉人家竟将我下眼观看，叫我鞑娃儿。我的名字叫浪仙，昂空是我的老祖先。镇番流落黑虎岔，和汉族姑娘结良缘。

　　赵俊武老人说："你们听，从这些黑虎古调的唱词中就能知道黑虎赵的历史和文化。其中很多词语表达的就是我们家族的过去和现在。"

　　他作为黑虎古调的第20世传人，接受过很多媒体的采访。而他最大的愿望就是让黑虎古调能够好好地传承下去。

　　每一种文化的演化与流变，都有其必然的历史积淀。1370年，明朝名将徐达自潼关经西安至兰州，寻机歼灭元末将领扩廓帖木儿，他听到此消息后，急忙固守定西准备迎战。是年4月，其兵败。

——————————

① "堂堂一表人才"该唱词是其人唱词节选，作者曾采访过，所以确定。

兵败后，包括"黑虎赵"祖先昂空在内的7人7马从靖远红罗寺附近"踏浪柴"渡黄河后而流浪隐居。

据昂空后裔赵永胜讲述，昂空的长子被明军射死并提走首级，昂空悲痛之余，隐居于黑虎岔老庄沟繁衍生息。随着生活与汉民族的逐渐融合，他们由开始的牧马为业慢慢地转变成了农耕。

生产方式的转变，让黑虎赵家族的文化认知也渐趋变化。据说，从第三世开始，便以"赵"姓为本家族的"姓"，族群身份继而转为汉族。目前，昂空后裔近2万余人，分布在各个地方。每年祭祖时候，散居各地的后裔都会来黑虎赵拜祭祖先。20世纪80年代初，他们的居住地从老庄沟搬迁到了黑虎坪。临近的扎子塬、腰井村大部分都是赵家。故有时候也统称为"黑虎赵"。

"这个黑虎古调，关键在于对旋律的把握。但是如果不了解这个民族的历史，这个调子唱出来的感觉和韵味就不一样。"赵永胜解释道。

你骑上驴娃子两腿夹紧，扇子花儿开，一朵莲花呀！恐的驴娃子它要调皮呀，花花落落莲花呀，青子莲花落上一幕。

赵俊武老人随口唱了几句黑虎古调小戏剧《浪仙拉驴》里的唱词，他声情并茂，声音婉转低沉，坐在周围的乡邻无不称赞，说这老人很"厉害"。

赵永胜说："在与汉文化的融合中，这些东西保留了下来，虽然不是原汁原味，但总有些蒙古民族文化的基因在里面，黑虎长调是民族的，我想也是世界的。"

黑虎古调基本分为戏剧、小曲、民歌小调、灯曲（神曲）4大部分。在戏剧里面典型的代表作有《浪仙拉驴》《牧童指路》；

2016年，本书作者向赵俊武老人了解黑虎古调的创作与传承（张伟军　提供）

小曲代表作有《小曲曲牌》《小曲曲调》；民歌小调代表作有《漫花儿》《打山歌》；灯曲代表作有《洛阳桥》《请神咒》等。

赵俊武老人说，这些曲目中，《请神咒》最具有神秘感，也最接近蒙古长调。后来，长调越来越多地融进了汉族唱腔的元素，渐渐变成短调，形成了独具蒙汉民族融合特色唱腔的黑虎古调。

比如在民歌《割把糜子送红军》中，其内容和曲调就和会宁南北民歌非常接近。

正月里冰冻二月里消，黑虎岔里鱼儿漂。小呀小哥哥呀，赶着把糜割。小呀小妹妹呀，给红军一把粮。

几个世纪以来，除了民歌上的蒙汉文化大融合外，祭祀方式保留了蒙古民族最原始的特征。

我在走访中了解到，"羊祭"是蒙古族人对于亡者最崇高的拜祭礼仪。亡者下葬后，便宰羊取血，后用羊血泼洒并绕坟墓一圈。羊是蒙古草原人的圣灵，对于羊的敬畏源于草原民族的游牧特性。另外，蒙古族人在以家庭祭扫，驱魔辟邪的时候，都会杀牛，再将牛血泼到屋里的墙上，这种方式是蒙古民族最神圣的民俗祭扫仪规。

可是，随着汉民族文化的渗透，这种带有神秘感的祭祀方式也慢慢地被改变。

对于黑虎古调的演唱姿势来说，原来是双腿盘坐，双手着地，边唱边兴致起舞，但现在基本都是站立表演。这几年，随着秦腔等大剧种的普及和现代歌舞剧的流行，黑虎古调逐渐在诸多集体活动中"隐退"。

在过去的很多日子里，在黑虎岔破旧的戏楼里，有一帮热衷于黑虎古调传承的蒙古族后裔聚在一起，他们分工明确，用马头琴、三弦、二胡、短笛、板鼓、弦索点、碰铃等管弦和打击乐器开始了对黑虎古调曲目的编排和整理。残败的戏楼，成了黑虎古调新生的"襁褓"。后来，这帮人在赵俊武老人的组织下成立了黑虎古调司乐团。

司乐团全部以蒙古服饰为主，演员演出服饰根据演出内容，随时搭配汉族服饰。黑虎古调民歌——《蒙汉缘》，或多或少给了今天人们很多启示，黑虎古调不是独属于蒙古族，而是蒙汉文化融合的结晶。

汉妹：夜深人静二更天，汉妹出逃到深山。我母早就离人世，留下我娃实可怜。三天未吃一口饭，两腿酸软倒路边。

蒙哥：太阳出来红哈哈，我是蒙鞑放羊娃。我祖骑马战欧亚，一统汗国霸春秋。谁料一夜狼烟起，锦衣玉食地复丢。

在唱词中巧妙地融入蒙汉风情的内容，其民歌本身的感染力对促进蒙汉文化的交融是有利的。而唱词恰恰也反映了民歌交融的合理性，体现了中华文化绵延不绝的核心原因。那就是我中有你，你中有我。五十六个民族，五十六朵花。文化的交融和民族向心力，就要像石榴籽一样牢牢抱紧在一起，才能宏大、致远。

一曲长调，萦绕万千沟壑。我对你的爱，跨越山河。只要你响起马头琴，我就会依偎在你的身边。从草原到黄土地，那是一样的悠长和感人……

37　刀尖上的"芭蕾"

会宁素有"秦陇锁钥"之称，是丝绸之路上的重镇，是国家级历史文化名城，孕育和诞生了丰富多彩的非物质文化遗产，会宁剪纸是会宁非遗文明的重要缩影和杰出代表。

会宁剪纸以甘沟驿镇最具代表性，1995年甘沟驿乡被文化部命名为"中国民间艺术（民间剪纸）之乡"，2007年会宁剪纸被列入甘肃省非物质文化遗产保护名录，2008年，甘沟驿乡被文化部命名为"中国民间文化艺术之乡"，2011年，会宁剪纸被列入第三批国家级非物质文化遗产保护名录。

在我的记忆中，逢年过节，奶奶就会教我们如何剪纸，她拿着一个小小的花剪，把红纸叠上几个来回，然后沿着她心里的路径，剪刀在她手里扭着，转着……一张张图案从纸上飞出来，飞到窗户上，飞到炕角处。不过我也清楚地记得，那个时候和奶奶年纪差不多的人都会剪几张。剪纸，是她们日常生活中交流的话题，是逢年过节压轴的艺术活。在后来，随着村里房子的翻修、新建，窗户上没了窗花，炕角处没了福、寿等剪纸元素。而奶奶那一辈人也走得剩不多了。剪纸，成了一种记忆。但关于剪纸的记忆都是幸福的。留住它，留住美好。在剪刀的刀尖，来一段关于生活芭蕾艺术的视觉旅行。

前面，我们说到会宁剪纸以甘沟驿镇最具代表性。

田俊堂是甘沟驿镇田坪村的农民，脑后束着长长的马尾。曾经因为相关活动，采访过他几次。他的"马尾"造型无疑增加了他在人群

剪纸《会师塔》（张伟军　拍摄）

中的辨识度。只要见一次，你就会对他印象深刻，当然更让大家深刻地则是出于他剪刀之下的剪纸。

他10岁左右的时候，就对剪纸表现出了极大的兴趣。他回忆，趁家人不注意，经常偷偷拿着奶奶的花剪学剪纸。在奶奶手把手的指导下，他的潜力一步步被挖掘出来了。1984年，当时的甘沟驿乡举行剪纸大赛，他的剪纸获得了一等奖。

后来，他接受媒体记者采访时多次说道："人生中第一个大奖是和剪纸有关的，这也更加坚定了我向剪纸艺术奋进的信心。"艺术要走得更远就离不开创新，为了脱离剪纸样板的束缚，他开始了自己的创新之路。1989年，他构思创作的大型剪纸作品《松鹤》入选第二届中国艺术节民间美术展览，得到了中外艺术家们的一致好评，也受到了文化部群众文化司的奖励。

作为国家非遗项目会宁剪纸的省级传承人，田俊堂在创新中力求突破，他的剪纸作品和荣誉数不胜数。1990年，他参加了白银市第三次民间艺术大赛，荣获一等奖，作品送亚运会展出；2008年会宁县开展人口文化宣传活动，他创作的《回娘家》系列作品，获得"会宁县人口文化宣传剪纸二等奖"，被确认为白银市第一批非物质文化遗产项目会宁剪纸传承人；2013年被评为首批白银市民间艺术大师；2018年，作品《双凤朝阳》荣获由浙江省非物质文化遗产保护中心、桐庐县人民政府承办的第六届"神州风韵"全国剪纸邀请赛优秀奖；2019年，《板帘子》荣获由甘肃省文学艺术界联合会、甘肃省民间文艺家协会主办的"小康梦想·首届甘肃剪纸艺术大展"优秀奖，作品《福禄寿喜》在庆祝中华人民共和国成立70周年"剪刀上的中国风"

剪纸作品（张伟军　拍摄）

中国·临渭·全国剪纸邀请赛中荣获优秀奖。

他说，他是家族剪纸第四代传承人，儿子、女儿是第五代传承人，小孙子是第六代传承人。会宁剪纸是会宁人民世代相传的艺术瑰宝，包罗万象，希望可以世世代代将它传承下去。除了家族传承之外，他还通过带徒弟，进校园的等多种方式进行传承与发扬。

1947年出生的曹秀英也是甘沟驿镇人，她从小跟随母亲学习剪纸。农闲时候，家里总是围满了前来向她母亲学习剪窗花的大姑娘和小媳妇。过年的时候，村子里的社火旱船和秧歌花篮需要大量的剪纸，这些基本上全是由曹秀英母女完成的。从20世纪80年代起，曹秀英就有剪纸作品参加各级剪纸作品及民族民间窗花展览。1989年，她的作品《争鸣》《报春》《老鼠吃葡萄》等入选由文化部社会文化图书馆司编著的《中国民间艺术之乡概览》；同年，她的作品《鱼戏莲》等入选第二届中国艺术节民间美术展。由于她突出的贡献，会宁县还录制了以她为主要人物的《会宁剪纸》专题片，其本人也被确定为会宁剪纸中的省级传承人。

田俊堂和曹秀英是会宁剪纸的代表人物。他们躬耕于田垄，却镂刻出了这片大地最美的纸上艺术。这种充满生命力量的"刀尖芭蕾"正在勾画一个更美丽的大地会宁。

不妨，我们再追溯一下关于剪纸的发展历史。

纸的发明是在公元前的西汉时代，在此之前是不可能有剪纸艺术出现的，但当时人们运用薄片材料，通过镂空雕刻的技法制成工艺品，却早在未出现纸时就已流行，即以雕、镂、剔、刻、剪的技法在金箔、皮革、绢帛，甚至在树叶上剪刻纹样。《史记》中的剪桐封弟记述了西周初期周成王用梧桐叶剪成"圭"赐其弟，封姬虞到唐为侯。战国时期就有用皮革镂花，银箔镂空刻花，这些都与剪纸同出一辙，它们的出现都为民间剪纸的形成奠定了一定的基础。

南北朝时期《木兰辞》中就有"对镜贴花黄"的诗句。而中国最早的剪纸作品发现，是新疆吐鲁番火焰山附近出土的北朝时期（386—581年）5幅团花剪纸。这几幅剪纸，采用重复折叠的方式和形象互不遮挡的处理手法。

20世纪初"五四"新文化运动，在先进知识分子蔡元培、鲁迅、刘半农、周作人等倡导下，建立了中国民俗学的雏形。他们广泛收集民间文学资料，同时也努力收集民间美术作品，其中就有民间剪纸这一项。20世纪30年代，艺术家陈志农在北京开始了民间剪纸的研究与创作。他用速写和剪影的形式描绘了老北京大量的风俗民情，串街小贩、作坊工匠、食摊茶挑、集市庙会、市井闲人等。

20世纪40年代，以现实生活为题材的剪纸开始出现。1942年，毛泽东发表的《在延安文艺座谈会上的讲话》指出"文艺为工农兵服务"的文艺方针。此后，延安鲁艺的艺术家陈叔亮、张仃、力群、古元、夏风等人开始学习当地具有深厚群众基础的民间剪纸，对民间剪纸进行了搜集、发掘、整理和研究，并创作出了一大批反映边区人民生产、生活、战斗的新剪纸。1944年，在陕甘宁边区还首次展出了西北地区的民间新剪纸作品，为新中国成立后剪纸艺术的发展拉开了序幕。可以说延安的剪纸开创了中国剪纸的新纪元。

新中国成立后，在"百花齐放，推陈出新"文艺方针的指导下，艺术家们创作了大量表现社会主义新人新事的新剪纸，开拓了剪纸创作的道路，也丰富了中国民间装饰美术的形式和内容。在新剪纸的创作中除了表现各行各业新气象的剪纸外，儿童、体育、

会宁县文化馆（张伟军　拍摄）

杂技、歌舞等也成为剪纸最常见的题材。

　　我们中国文化讲究阴阳和合，道法自然。而剪纸艺术无不体现这种文化的"道"。比如，剪纸的基本效果是通过单独或混合使用阴阳线得到的。

　　阴刻也称镌刻，就是刻去表示物象结构的轮廓线，在大的块面中表现线条的方法，这种效果厚重、结实、分量感很强，有一种强烈的黑白对比感，被剪刻去的空白组成图案，线与线不相连接。

　　阳刻也称镂刻，正好与阴刻相反，是刻去空白部分，保留轮廓线。图案的线条是实心，线线相连。这种方法流畅、清晰、玲珑细致。

　　阴阳结合是最好的剪纸表现手法。在同一幅作品中出现阴阳刻两种方法，使构图变化多样，画面中黑、白、灰对比鲜明，是一种表现力很强的剪纸技巧。

剪纸艺术自诞生以来，在中国历史上就没有中断过。它充实于各种民俗活动中，是中国民间历史文化内涵最为丰富的艺术形态之一。

38 罐罐茶，一壶乾坤

　　罐罐茶，已经是一个很流行时尚的存在。它已经大胆地出现在城市的街头巷尾。它成功地进入了奶茶、快餐的商圈。曾经是农村"老土"，如今是城市"新宠"。

　　会宁的罐罐茶，带着犁铧的铿锵，耙糖的坚韧。它熏煮着岁月流年，缭绕着记忆乡愁。那沸腾着的茶，是会宁人的生活，是会宁人的信仰。

　　从我小时候记事起，爷爷每天早上的罐罐茶就没间断过，直到他老人家逝世。罐罐茶陪伴了爷爷80余年。没有罐罐茶的人生，爷爷说是不完美的。罐罐茶啊，你给庄稼人带去了生命意义上的体验，那苦涩里总能喝出生活的甜。有时候，我在想，在那些很辛苦的日子，罐罐茶是爷爷唯一有盼头的享受。那一份孤独，那一份通透，那一份释然，那一份沉醉……只要坐在炕头，点燃"神仙炉子"，熬起罐罐，那种烟熏火燎中的悠然自得，大概是庄稼人最能与天地精神独往来的时候。

　　最早的罐罐就是烧制出来的"土罐罐"。其颜色大多为青灰色，七八厘米高，底座直径只有四五厘米，看似粗糙，品起茶却很香浓，

“神仙炉子”熬煮罐罐茶（张伟军　提供）

架在火上，可供一个人慢慢品用。在我的记忆中，2000年以后罐罐已经有了很大的变化，出现了铁质罐罐、烧杯等。之前的“神仙炉子”也慢慢不见了，变成了电炉子。不过熬制罐罐茶的罐罐都不太大。杯子小，但当热茶含在嘴里的时候，感受到的快乐却是无以言表的。刚“出炉”的烫茶，喝茶人都能呷下去。他们噘起嘴巴，半眯着眼睛，深深地吸一口，茶就被升华了！如果你到会宁农村去做客，不论走到哪家，你都会喝上罐罐茶。喝罐罐茶，可以说是对客人至高无上的礼遇。“走，到我家喝罐茶走。”成了我们最熟悉、最温暖的一句话。

有人说，天下饮品千千万，最是钟情罐罐茶。一笼火，一撮茶，一壶水，一方泥炉，构起了会宁人的茶饮结构，也时时勾起会宁人的恋乡情节。目前，罐罐茶的制作技艺是市级非物质文化遗产。在20多年前的农村，熬茶的佐料是很欠缺的。煮茶就很简单，生火、放罐罐、倒水，等到水开了就放茶叶。茶叶的多少根据喝茶人茶

罐罐茶的佐料也在与时俱进，现在也是"琳琅满目"（张伟军　提供）

瘾的大小而定。不过在我的记忆中，我爷爷的罐罐茶真的很苦。现在罐罐茶的佐料很多。比如常见的有桂圆、大枣、枸杞、冰糖、蜂蜜等。先是烤枣，枣皮糊了，散发出清香，然后就可以放在罐罐里了，据说这样枣味才更入茶香；其次就是把装好原料（茶叶和佐料）的罐罐放在电炉上，加入七分的水等着沸腾。再次就是准备好茶杯等着品味。不过要慢慢煮，静静呷，才能体会其中的"道"。

随着社会的发展，人们消费观念的变化，罐罐茶也成了城市人休闲娱乐时候青睐的饮品。在2020年前后，会宁罐罐茶已经在城市有了自己的一席荣耀之地。从很多年前只在路边摆摊售卖到如今休闲商业街，游客集散地的罐罐茶IP打造，罐罐茶已经具备了走得更远的条件。是的，在互联网的加持下，会宁罐罐茶已经插上了电商的翅膀，走向了全国各地。

饮茶作为中国文化的重要组成部分，自古以来就受到文人墨客的喜爱和推崇。许多诗人在饮茶时，都会有所感悟，从而创作出许多优美的诗句，表达出自己对茶文化的热爱和追求。我们在此列举一二：

《茶经》中说："茶之性寒，味苦，有毒，能令人不寐。"这是唐代陆羽所著的《茶经》中的名句，表达出茶的性质和功效，对茶文化的发展和推广起了重要的作用。

《茶歌》里讲："茶是一种清和的饮品，它能使人心情愉悦，身体健康。"这是宋代陆游所创作的《茶歌》中的诗句，表达出茶的美好和价值，对茶文化的传承和弘扬起了积极的作用。

《茶山行》里说："茶山翠绿，茶树婆娑，茶叶香气扑鼻而来，让人陶醉其中。"这是现代诗人郑愁予所创作的《茶山行》中的诗句，表达出对茶山和茶叶的赞美和热爱，对茶文化的推广和发展起了积极的作用。

总之，这些经典的饮茶诗句，不仅表达了诗人对茶文化的热爱和追求，更展现了茶文化的深厚底蕴和博大精深。它们为我们了解和传承茶文化提供了重要的参考和启示。

会宁罐罐茶，有它深厚的乡土味，有它更值得品鉴的地方。我们常说"茶禅一味"，不妨喝一杯会宁的罐罐茶，见天地、见众生、见自己。

39 食粮，生命之种

一颗种子有它的使命，一粒粮食有它的归宿。而作为给予人类生命力量的粮食来说，我们有必要为每一粒种子而鞠躬。当然，一颗种子要到能养人的那一刻，是需要经过一段岁月历练的，它们需要被"驯化"。

粟、黍

闲来翻看《黄帝内经》是我日常生活学习中的一个习惯。大多时候都是看得似懂非懂，茫然四顾。不过，这本书给我的感受就是但凡能懂它一点点，一个人不管是生活、工作还是思想等方面，都会得到很深地滋养。

那天翻看《汤液醪醴论：五谷养生法》中的一章。

皇帝问曰：为五谷汤液及醪醴奈何？

岐伯对曰：必以稻米，炊之稻薪。稻米者完，稻薪者坚。

帝曰：何依然？

岐伯曰：此得天地之和，高下之宜，故能至完，伐取得时，故能至贤也。

岐伯的意思是说，用成熟的稻谷不管是酿造酩醴还是熬煮汤液都是很好地原料食材。因为稻米秉天地的和气，生长之处高低适宜，在收获的时候气最为完备，稻秆最为坚实。

核心是说，所有的健康的东西都要秉承天时而生。

粟、黍，就是会宁老百姓经常说的谷、米。粟是中国古代最重要的粮食作物，位居五谷之首。

小黄米（张伟军　提供）

粟（谷子）（张伟军　提供）

在漫长的农耕文明时代，中国人最大的梦想便是国泰民安、五谷丰登，而五谷中最早为中华先民所熟悉的便是粟与黍。江山社稷中的"稷"就来源于谷子，进而代指主管粮食丰歉的谷神。在史前新石器时代，华夏祖先已经开始大面积种植并食用粟和黍了。之后经过数千年的人工培育选种，中国培育出了异彩纷呈的粟类作物品种。中国最早的酒、醋就是用小米酿造的。在小麦传入中国、水稻跨越长江进入黄河流域之前的数千年中，正是粟与黍等带有颖壳的本土作物养育了中华民族，滋养了华夏文明，终使华夏文明成为同时代最辉煌的古代文明之一，且生息绵延数千载依然灿烂辉煌。可以说，在各种农作物当中，粟的文化内涵最为悠久丰富。

楼车，发明于公元前2世纪的西汉时期，是现代播种机的始祖。铁犁牛耕和楼车，是中国对于世界农业的重要贡献。这些伟大的发明，都是伴随着粟作而生。粟文化这一座沉睡在地下的"金矿"等待着人们去挖掘。

在《诗经》里面，有这样一首诗歌：《黍离》——

彼黍离离，彼稷之苗（穗/实）。行迈靡靡，中心摇摇（如醉/如噎）。知我者谓我心忧，不知我者谓我何求。悠悠苍天，此何人哉？

讲的是殷商宗室在朝拜周天子的时候，路过商朝的京城。此时商朝已经灭亡，京城也已废墟，长满了黍这种植物，显得格外荒凉。于是这位宗室在百感交集之下，写下了这首诗歌，并传播到了现在。从这个细节可以看出，至少在商朝末年，黍就是一种十分重要的农作物。

先民偏爱黍的原因，在于它的生命力较强，而且成熟周期也短。现代人投资讲究落袋为安，古人在种田的时候也有这个理念，对于可以很早收割的粮食作物，当然积极推广。并且，当时的农业技术十分落后，古人种植其他的作物，其成活率很低，因此，成活率高的黍，当然得到了重视。到了汉以后，随着农业技术的成熟和发展，黍的地位逐渐降低，尤其是在小麦培育和加工技术不断成熟的背景下，黍更是逐渐被边缘化。

史料显示，距今8000—4800年的甘肃天水大地湾遗址，是新石器时代的遗址。2006年发掘发掘研究显示，大地湾遗址的人类活动历史由8000年前推前至6万年前。甘肃天水大地湾遗址出土了油菜籽、黍、糜子的颗粒。中国北方最早被驯化的农作物是黍，也就是现在说的糜子。距今9000—7000年左右，在黄河流域中游两岸，今天的河南河北一带，我们的祖先开始人工种植黍，靠着黍提供的稳定食物来源，这批人成为北方最早定居农业社会的人，随后种植黍的范围向东沿着黄河扩散到下游，今天的山东一带，向西而上，沿着黄河和渭河进入关中盆地，直达甘肃东南部。

虽然黍产量较低，即便在水肥条件很好的情况下也难以增产，但是在干旱贫瘠的土壤中，黍仍然能维持较为稳定的产量，生长期短暂的黍几乎是最为省水的植物，而且抗病能力极强，对于农业刚刚兴起的中国北方先民，驯化黍意义非凡。

华夏文明自古以来都是奉行农业立国，关于最初是在什么时候出现的原始农业，一般认为是在五帝时期，比如轩辕黄帝在世的时候，就曾经册立过分管农业的官员，此外，还有分管天文观测的官员。而轩辕黄帝时代的华夏还处于原始社会时期，黄帝允许部落里出现分管天文观测的官员，原因只有一个，那就是天文研究必须和部落的生死存亡息息相关。事实上，农作物的播种需要对气候有一定了解，而后根据气候的变化编辑出一套历法出来，而天文的变化往往和四季变化是对应的，原始社会的先民很可能发现了这一点，因此才设立了分管天文观测的官员。

这些沿着黄河流域生长的黍，奠定了农耕文明的基础，黍作为中国北方主食的历史持续了几千年。在过去的千年岁月中，会宁人祖祖辈辈对粟黍的感情依然深厚。在很多挨饿的年代，谷米是最重要的口粮，它是乳汁、是琼浆、是生命的馈赠。如今，会宁良谷米自然成了会宁最具魅力的品牌。在闪烁发光处，一粒粒粟黍穿越历史，走向未来，只要生命存在，它就是无价的……

《会宁县志》记载，唐贞观八年（634年），会宁曾改会州为"粟州"。"粟"就是糜子、谷子等。说明盛唐时期会宁盛产糜子、谷子，是有名的"粟米之乡"。会宁种植糜子、谷子的历史应在2000年左右。

胡麻油

胡麻，亚麻科油料作物，所以胡麻油也叫亚麻籽油。到现在还有人说："会宁状元县的美誉和学生吃胡麻油是分不开的。"不管有没有科学依据暂且不论，但就胡麻油与会宁人的感情来说，那是极其深厚的。会宁亚麻籽油用它的底气成就了它的名气。

会宁，地处北纬36°，东经105°，属黄土高原丘陵沟壑区，平均海拔2025米，土层肥厚，四季分明，昼夜温差大，环境无污染，是陇中驰名的绿色产业基地，被中国特产协会授予"中国小杂粮之乡"和"中国亚麻籽之乡"。会宁的亚麻籽被冠以健康和智慧作物。它的历史已有2000多年，《本草纲目》称其"有润燥、解毒、止疼、消肿之功效"。现代被称为"液体黄金"，有"油中贵族"之美誉。

除了亚麻籽油本身的禀赋之外，我们更应该思考它的社会价值。目前，诸多会宁亚麻籽油品牌走上了高端消费市场。

一直以来，亚麻籽油是会宁百姓自产自用的油料作物。"油坊"是亚麻籽最后的归宿，但油坊作业并不能实现亚麻籽的产业化。农作物要产业化的走向市场，要

胡麻（张伟军　提供）

实现附加值，就要借助标准化的生产工艺。近10年，会宁在亚麻籽品牌缔造上真正用心深耕，为会宁亚麻籽找到了一条出路。

亚麻籽油广阔市场的背后其实也是亚麻籽产地的规模化。这样一来，农村闲置的土地便有了用武之地。农民通过土地、劳动力或者是土地托管、土地流转等方式增加收入。这在一定程度上就是在激活着乡村土地要素。土地的流转、耕种、产品的销售对接又能带动农村运输业的发展，解决农村剩余劳动力的就业问题。如今，会宁诸多亚麻籽油品牌依托电子商务平台，延伸了品牌效应，给其插上了翅膀。

苞谷（玉米）

玉米，会宁人大多称其为苞谷。

我的长辈们说，我这一辈人没有挨饿就是靠了玉米。而这些年百姓能够发家致富，一定程度上也得益于玉米。这话一点不假，我上小学时候基本每天吃的就是玉米面馍。百姓的发家致富是靠了全膜玉米的推广种植。2020年以来，会宁尝试的大豆玉米套种也取得了可喜成绩。除了玉米适合于会宁大地种植之外，科技的助力是显而易见的。说起玉米面馍，我就想起了路遥的《平凡的世界》。想起了孙少平读书的时候……

在校园的南墙根下，现在已经安排班级，排起了十几路纵队。各班的值日生正在忙碌的给人分饭菜。每个人的饭菜都是昨天登记后，付了发票的，因此程序并不复杂。现在值日生只是按饭表，付给每人预定的一份。菜分甲，乙，丙三等。主食也分三等，白面馍、玉米面馍、高粱面馍。孙少平五分钱一份的丙菜都吃不起，只能吃上两个黑高粱馍。

这样看来，玉米面馍还是二等主食。玉米这个看似不起眼的作物，其实支撑起了很多。比如牛羊的喂养、饲草加工、粗粮食品等。而以牛羊养殖为

玉米（张伟军 提供）

主的会宁来说，玉米确实是中流砥柱的产业。过去它养活人，今天它还养活人，未来也还会养活人。因为不管发展什么产业，都是为了人的更好生存和生活。

据说，在1492年11月，哥伦布到达新大陆时，玉米仅仅存在于美洲。当时玉米是印第安人最重要的粮食作物，没有玉米就不可能有印第安人的文明。经近代农民的选择和育种家工作，玉米获得了更高产的性状，成为世界上最重要的饲料作物和粮食作物之一。

任何野生的种子植物都有它自己的种子散布方法，使其后代得以延续。现代玉米是高度驯化的作物，它的种的延续完全依赖于人类。玉米的果穗在生物学上是一种畸变的类型，它能产生大量的种子，然而不具备散布其种子的方法。在自然条件下掉落地上的果穗在有利于萌发的条件下任其萌发、生长，就会产生一丛过分密集的幼苗，它们之间在有限的空间里争夺土壤水分和营养，以致全都不能正常发育结实。因此，现代玉米如果没有人的干预不用几代就会灭绝。只有经过人的收获、脱粒和播种，它们才能保存下来。玉米果穗是人类为了自身的需要经过长期的选择育种创造出来的，一切野生植物和其他植物都没有这样的果穗。但是

玉米原先必定是从某种野生植物进化而来。

　　一切的驯化旨在为人的生存和繁衍而服务，人类文明的纯粹性应该是对生命之种的敬畏。

苦荞

　　荞，在会宁有两种：甜荞、苦荞。农村长大的孩子大多都知道它们的样子。20世纪80年代前后出生的孩子肯定对荞面馍馍不陌生。那时候，生活条件虽然好转，但主食离不开玉米面馍和荞面馍馍。所以，荞在会宁人心中是养活人的种子。时代是真的在变迁，过去农村人吃惯的荞面，今天对于城里人来说，那是一种很独特的美食。因为它是粗粮，健康，营养价值高。

　　有没有发现，现在"粗粮坊"流行了起来，"杂粮食府"开始在城市慢慢站稳了脚跟。开始与其他中餐、西餐、海鲜"叫阵"。在会宁这座城市，杂粮已经深深地拴住了众多人的味蕾。而荞面作为杂粮之一，游刃有余地掺和在"懒疙瘩""搅团""馓饭"等美食中。那叫一个"任性"。

　　苦荞麦是蓼科荞麦属的一年生草本植物。茎直立，分枝；叶宽三角形，下部叶具长叶柄，上部叶较小具短柄，叶柄基部黄褐色；花序总状，花冠和花萼白色或淡红色，椭圆形，花柱较短；瘦果长卵形，上部棱锐，下部棱圆钝。花期6—9月，果期8—10月。苦荞麦名字来源于彝族古文典籍《物始纪略·荞的由来》中记载："五谷未出现，荞子先出现。荞子当粮食，五谷从此生。"

　　苦荞麦原产于中国西南地区高寒地带，现在中国东北、华北、西北、西南山区都有栽培，同时也分布于亚洲、欧洲及美洲。苦荞麦以土壤结构完整、土壤肥沃、储水性好、土壤渗透性好、含有大量有机质的偏酸性土壤为宜，最好在高海拔、低纬度、夜间温差大的环境中生长，耐旱性相对较差，主要繁殖方法为种子繁殖、机械播种、条播、拌种等。

荞（张伟军　提供）

苦荞麦自古以来被人们誉为"五谷之王"，是谷类作物中唯一集七大营养素于一身的作物，《本草纲目》载：苦荞麦能"实肠胃，益气力，续精神，利耳目，能炼五脏滓秽"，可用于治疗肠胃积滞、胀

苦荞（张伟军　提供）

满腹痛、湿热腹泻、痢疾等疾病，同时也对糖尿病、高血压、高脂血症、冠心病、中风、慢性肠胃炎等有一定的辅助治疗作用，除此之外，苦荞麦还可以制作成苦荞茶和动物饲料，并且做成美容产品。

藜麦

藜麦的祖籍在遥远的南美洲，不过它和中国的粟黍一样在人类先民的驯化中成了造福人类的世界性粮食作物。既然是世界性的，它也必然应该具有全球视野、全球市场。这些年，"会宁藜麦"产业发展方兴未艾，乘着乡村振兴的东风，迎来发展的快车道。

一株藜麦，撬动了会宁特色产业的杠杆。过去10年当中，它的口碑与其他支柱性产业一样成了会宁现代农产品走出去的关键"砝码"。"会宁藜麦"是中国第一个藜麦的地理标志证明商标。

藜麦（张伟军 提供）

藜麦是一种典型的碱性食品，它能中和人体内的酸性成分，可以让人体内部环境保持酸碱平衡，能防止亚健康状态出现。含有丰富的植物蛋白，人们食用它以后能尽快把这些优质蛋白吸收和利用，能满足人体各器官正常工作时对蛋白质的需要。另外，藜麦中含有的蛋白质被人体吸收以后，还能快速转化成氨基酸，能促进人体代谢，增强人体素质。还具有保护心血管、预防糖尿病的功效。含有的微量元素镁和锰等营养成分，进入人体以后，还能转化成酶类物质参与人体内葡萄糖的代谢，并能促进胰岛素再生，它维持血糖正常稳定，能防止糖尿病发生。

2017年，藜麦在会宁试种成功后，很多产业带头人与农户合作在适宜种植的区域大规模推广种植藜麦，发展"订单式"农业。目前，"会宁马铃薯""会宁藜麦""会宁莜麦""会宁扁豆""会宁荞麦""会宁糜子""会宁谷子"等七个地理标志证明商标，为会宁农产品品牌建设打下了坚实的基础。地理标志证明商标的注册和运用，进一步提高了"会宁藜麦"的产品价值，"会宁藜麦"畅销省内外，成为广大消费者青睐的营养佳品。

40　丘陵山区的农业机械化

　　6439平方千米上，来自温带的季风，把这里塑造成名副其实的半干旱气候。再加上境内连绵的群山，交错的梁峁，纵横的沟壑，这里又成了陇原大地典型的黄土高原丘陵沟壑区。

　　吃饭问题一直是人类社会最根本性的问题。而站在今天新时代的征程，粮食安全依然关系国之根基，吃饭问题依然是国之大问。过去几千年，生活在这里的先民们，在贫瘠的黄土地上日出而作，日落而息。

　　不论朝代如何更迭，谁来种地，怎么种地，始终关系着国计民生。随着乡村经济的发展，乡村各类市场主体的兴起，激活乡村土地资源，发展现代农业成了巩固脱贫成果，发展乡村振兴的必然路径。

　　农业的现代化，首先是农机的现代化。

　　近些年来，媒体谈及或者百姓经常所说的机械化大多指的是农机在整个农业生产过程中所占的分量。

　　国家农业机械化管理司的数据显示：2020年，全国农作物耕种收综合机械化率达71.25%。其中，机耕率、机播率、机收率分

会宁文兵农机合作社在韩集云台山"秋季大会战"（张伟军　拍摄）

别达到85.49%、58.98%、64.56%。畜牧养殖、水产养殖、农产品初加工、设施农业等产业机械化率分别达到35.79%、31.66%、39.19%、40.53%，较上年分别提高1.57、1.78、1.61、2.22个百分点。

从这几组数据可以看出，耕种率比较高的大多是传统农业。机收率超过60%，达到了一定水平。但设施农业的机械化率相当低。一个主要原因就是设施农业相对于传统农业，它的应用场景局限了，符合设施农业的机械少了，设施农业在很多欠发达地区才刚刚崭露头角，机械的研发和应用需要一个比较长的周期。

这些年，每个乡村都尝试着农业的机械化。从会宁文兵农机专业合作社的发展历程来看，从最初的侧挂式割草机、柴油微耕机、小型手扶式旋耕机，再到大型四轮旋耕机，再到大型联合收割机……农民可使用的"技术"越多了，在农业上下的苦越少了。

比如说，近些年会宁文兵农机专业合作社围绕"立足大农业、发展大农机、服务新农村"的思路，采取订单种植、托管服务、流转土地等多种模式组装配套，种植小麦、玉米、马铃薯、小杂粮等作物，实现由一家一户种粮向种粮大户和新型农业经营主体适度规模种粮转型。

一是订单生产模式。立足粮食种植全产业链，合作社为农户提供"五统一"服务（统一供应主导品种、统一测土配方施肥、统一培训指导、统一病虫害防治、统一保底收购），与农户签订订单生产合同，落实玉米、马铃薯、豆荚等订单种植，带动农户参与粮食生产。

二是托管服务模式。依托农业生产托管项目，按照单环节托管和单季农作物生产财政补助不超过服务价格30%或全托每亩100元的补助标准，在农户自愿基础上，合作社积极与农户签订土地托管协议，围绕耕种防收重点环节，将机耕、机防、机收等服务列成"菜单"，实行"项目补助+农户自筹"服务，在农产品销售后，由农户为合作社支付剩余的社会化服务费。

三是土地流转模式。为巩固提升撂荒地整治成效，遏制耕地"非农化""非粮化"，合作社与相关农户签订土地流转合同。在2023年左右，共流转撂荒地、高标准农田等6600亩，用于自主经营种植粮食作物，打造标准化现代农业生产示范基地。

多种模式的运用在一定程度稳固着粮食安全。这个创新和实践不容小觑，是未来农业可持续发展的关键之路。

农业机械化首先要有应用场景，就像大型植保无人机的最大应用场景是在广袤的新疆，

在紧张的机耕间隙来一桶方便面（张伟军　拍摄）

机械化加速了乡村产业的发展（王进禄　拍摄）

新疆的自然地理环境，规模化的大块田地决定了无人机的"用武之地"。不过现在看来，植保无人机在会宁也开始了它的"新奇之旅"。

农业耕种的大型机械要实现其价值，首先要能进了地。过去会宁很多地方进行了"坡改梯"，近些年又进行"高标准农田建设"，这一切其实都是在为机械化打造"应用场景"。但不得不说，很多地区的应用场景并不局限在地块上面，而是行走的"路"上面。路不畅，铁牛之力发挥不上其优势。所以，路、田建设配套设施同样重要。

会宁是典型的丘陵山区，可想而知大型机械的应用场景打造是一件多么不容易的事。但农业机械化是发展现代农业的必然路径。仅从成本角度考量，机械化能提高生产效率，能为百姓腾挪更多的时间去做更多的事……

2022年，中央一号文件提出，全面梳理短板弱项，加强农机装备工程化协同攻关，加快大马力机械、丘陵山区和设施园艺小型机械、高端智能机械研发制造并纳入国家重点研发计划予以长期稳定支持。

应当看到，当前，受地形条件、种植制度等因素影响，丘陵山区仍然是我国农业机械化发展的薄弱区域。小型小众机械有效供给不足，机具适应性、可靠性有待提高，"无机可用，无好机用"问题依然存在。

没有农业机械化，就没有农业农村现代化。

数据显示，我国丘陵山区耕地面积达6亿多亩，占耕地总面积的三成左右，是我国粮油糖作物及薯类、果桑茶麻、蔬菜、青饲料等特色经济作物的重要生产基地。推动丘陵山区等区域的机械化发展，事关人民群众的米袋子、菜篮子、果盘子，也影响着农民的钱袋子。提升农业机械化水平，关键是让更多农民受益。我国"人均一亩三分地、户均不过十亩田"的基本农情，决定了

现代农业的基础是机械化的普及与运用（王进禄　拍摄）

各地不可能都搞大规模农业、大机械作业。应当立足实际，通过健全农业社会化服务体系，实现小规模农户和现代农业发展有机衔接。

农机一小步，农业一大步。因地制宜，打造应用场景，推进丘陵山区农业机械化发展，促进高效特色产业发展壮大，才能不断拓展农业增收渠道和空间。

41 李家塬农业的2.0时代

2021年6月26日，浑浊的黄河水历史性地攀上了海拔2000米的李家塬。流进了这片千年旱作的黄土塬，淌进了4000多口李家塬人的心田里。

这一天，也是该村迎来现代农业发轫的标志性日子。

一年多的实践，以引水上塬、水肥一体、准滴灌为主的"李家塬模式"逐渐被百姓所认可。在现代农业技术的加持下，这里的百姓在参与发展现代农业方面，形成了一种自觉。

在行走和发现中，我总会时不时地打量这些关键性的存在。因为在一定的历史区间内，这些技术的破壁就是对生产力的解放。

黄土变成金的前提是要有水。引水上塬，不光是会宁人民群众今天的梦想，也是过去很多年的梦想。当然，引水上塬不足为奇，会宁很多地方在很多年前就把水引上去了。但关键是怎么利用水的问题，怎么把引上去的水利用效率最大化，这才是一个需要说明和关注的问题。

这里，就不得不说到"滴灌系统"。从"漫灌"到"滴灌"，这就是技术层面的迭代，也是推动现代农业的必然路径。

机械化加持了现代农业的诞生与发展（王进禄　拍摄）

滴灌技术是根据农作物的需水要求，将具有一定压力的水，过滤后经管网和出水管道（滴灌带）或滴头以水滴的形式缓慢而均匀的滴入作物根部附近土壤的一种灌溉方式。滴灌可与施用水溶肥结合，实现水肥一体化，达到节水、节肥、省工、增产的效果。

2021年以来，会宁县以实施乡村振兴战略为总抓手，深化农业供给侧结构性改革，加快现代农业优先发展，全面补齐"三农"领域突出短板，扎实推进农村人居环境改善，夯实农业农村发展基础，确保全县农业农村工作取得全面升级、全面进步，全力实现由传统农业大县到现代农业强县的嬗变。

我认为，从"大"到"强"的底层逻辑应该就是对现代科学技术的深度运用，也就是"技术逻辑"。各种技术的跨界和融合将取代单一技术进步。农业生产的基础要素基本上包含种子、土地、栽培、灌溉、化肥、农机、植保等7个要素。中间的种子技术是"内在要素"，外面的要素可以分为资源要素、技术要素、助力要素和抗逆要素。

有专家就现代农业提出过一个新型要素。它主要体现在两个层面上。第一个是更加微观的层面。由于分子生物技术的出现，基因的功能定位、修饰编辑、转移融合等要从更微观的层面改变农业遗传的规律和发展方向；第二个在宏观的层面上。技术要素之间的组合、内在和外在要素的融合。真正意义上的现代农业绝不是靠某一项技术的进步来获得农业整体生产效率的提升。

今天，我在说李家塬农业的2.0时代，其实就是表达技术的深度应用。当技术有了应用场景，而且应用成本降低的时候，这个产业才有成功的可能和基础。

曾经的李家塬，同会宁绝大多数地方一样，十年九旱、靠天吃饭，大片土地撂荒。

2020年，会宁县引进新疆喀纳斯润丰投资公司，投资2亿多元，在李家塬村建设会宁现代丝路寒旱农业产业园。规划建设集种植、养殖、加工于一体的生态修复示范区、精准脱贫示范区、三变改革示范区和乡村振兴示范区。

2021年，该村全面建成了4万亩旱耕地水肥一体化高标准农田，种植葵花、玉米、马铃薯、中药材等作物3.6万亩，玉米种植保障粮食安全、万亩葵花吸引游客观光、园区带动美丽乡村建设的一、二、三产交叉融合发展格局初步形成，当年便取得了较好的经济效益。

2021年，玉米、马铃薯两类粮食作物亩均产量分别增长了250%、400%，由原来的亩产800斤、2000斤增长至2000斤、8000斤，两类粮食作物种植面积分别按2.9万亩、0.8万亩计算，年产量达到2.9万吨、3.2万吨，总产值达1.96亿元，粮食产量成倍增加，

李家塬高标准农田青贮玉米喜获丰收（王进禄　拍摄）

农业综合实力明显增强。

可以说，李家塬现代丝路寒旱产业园建设的初步成功，让传统的旱作耕种方式跨越性地迈入园区化、规模化、机械化、现代化生产。旱作耕地全部实现水肥一体化高标准农田改造，传统农民转为园区务工、就地就业的现代农民，发展方式实现"龙头企业＋基地＋新型经营主体＋农民"的历史性变革，同步进入"农业产业园区＋美丽乡村"共建时代。

有了李家塬农业发展的逻辑，其现代丝路寒旱产业园的姊妹篇——"河畔镇任半岔'坡变梯'水肥一体化高标准梯田建设项目"也提上了建设日程。这个项目是会宁为推进巩固拓展脱贫攻坚成果同乡村振兴有效衔接，打造水肥一体化的高标准梯田项目。这个项目拟在"坡改梯"高标准梯田方面探索成熟经验，并逐步示范推广。

据媒体报道，该项目实施后，每年可兑付土地流转费570万元，人均收入 2016 元；项目区每年可吸纳务工人员 700 人，务工费用可支付 1183 万，人均收入 4200 元；土地流转后，每户可解放出 1 名劳动力外出务工，人均每年可收入 2 万元，务工总收入 1540 万，人均收入 5469 元，2022 年项目区人均纯收入将增长 1985 元，达到 11685 元。

我在写这本书的 2023 年，整个中国都在加强以农田水利为重点的农业基础设施建设，大规模实施土地整治，增加高产稳产农田比重，推广节水灌溉，加快推进农业机械化。加强以农田水利为重点的农业基础设施建设是强化农业基础的紧迫任务。如果农田水利等基础设施不率先搞好，现代农业建设就无从谈起。特别是对中西部省份来说，农民增收仍然大部分来自农业，搞好农村基础设施建设就更为紧迫。

从目前我国农业基本状况来看，工业生产的扩大、农业人口的转移以及城镇化用地的增长，工业污染物排放、农业面源污染、生活垃圾污染等给农业资源与生态环境增加了不少压力。绿色的农业资源保护是中国农业产业可持续发展的重要保障，而绿色生态环保模式也是中国农业产业可持续发展的一个重点。

这些年，会宁县坚持"外引""内培"相结合的方式，持续培育壮大新型经营主体，带动农户发展增收产业，产业化经营水平显著提升，成为助力乡村振兴的新动力。

回头来看，作为世纪工程，引"黄"上塬点亮了梦想，浇灌着希望。这一渠清水也为该镇农业发展和脱贫攻坚成果巩固拓展，实现乡村振兴打下了一定的基础。同时，这对推动产业发展，构建会宁"大农业"新格局具有重要的现实意义。

当然，李家塬只是会宁乡村发展现代农业的一个缩影。其路虽长，但已出发。

42 山海情浓，擘画致富蓝图

如今，作为第一生产力的科学技术正在改变着会宁，发展着会宁。

科技设备最关键的是得有它本身的应用场景。从"小变量"到"大趋势"看产业的迭代，它是一个创新、试错、完善和示范带动的过程。

会宁"津甘共建现代农业循环产业园"的建设运营以及发展情况，备受社会关注。它是城乡结合部的"关键连接"，是"关节"一样的存在；它亦是全县发展现代农业的示范样本，起着"承启转合"的联动作用，和"筋脉"一样的"吃劲"。

那么，该产业园何以被寄予厚望。在一个以丘陵和山地为主的自然地理环境中，传统农业的发展受到诸多瓶颈，更不要说是全力发展现代农业。但毋庸置疑的是农业被科技赋能后才看到了发展现代农业的希望，因为它直接关系着农民的钱袋子。

2023年6月份，为了完成这篇文章，我又一次来到了这个产业园。

"这是土壤养分检测仪，这是土壤墒情检测站……"工作人

2023年"津陇共振兴"合作交流洽谈会在会宁干部学院启幕（张伟军　拍摄）

员介绍着。"当然，你看到的远不止这些，我们的目的是打造智慧产业园……"

我想，既然是科技对于现代农业的赋能，那绝不是简单的"二牛抬杠"。比如，土壤检测主要是以土壤测试和肥料田间试验为基础，根据作物需肥规律、土壤供肥性能和肥料效应，在合理施用有机肥料的基础上，提出氮、磷、钾及中、微量元素等肥料的施用数量、施肥时期和施用方法。

这个园区的农业管理主要依托水肥一体化系统。技术人员边走边说到，云平台通过大数据计算之后，给水肥一体机下发云指令，它就开始工作，把储备水通过增压泵抽到管道里面，再经过水肥一体机增加上种植作物需要的相关肥料，打入到种植区，给苗进行肥料的供给与浇水。

就是这样的"智慧"，实现了2个人管理300亩园区的愿景。

一个由太阳能板连接着地灭杀蚊蝇的装置就可以减免蚊蝇对作物的侵扰。现代先进的科技设备最关键的是寻找它本身的应用场景。诸如，大型机械、无人机施肥在新疆广阔棉花种植基地的大展身手，水肥一体化的智能装置在旱塬大地上的应用，这都是

培植芦笋苗，水肥一体的精准喷灌装置正在作业（张伟军　拍摄）

科技在农业本身的"变现"。

当前，产业园区的培植的芦笋是世界十大名菜之一。在国际市场上享有"蔬菜之王"的美称。芦笋规模化种植项目建成后，将加快会宁县农业农村现代化和农业产业提质增效，辐射带动会师镇、中川镇、新添堡等乡镇种植芦笋1万亩的预期。这个示范园区是作为东西部协作引进的重点项目由天津市牵头组织实施。其通过基地共建，"农户＋合作社＋种植龙头企业＋订单＋培训＋销售"的模式，拓展销售渠道，打造会宁本地芦笋种植的良好口碑效应，增加当地百姓的收入。

透过产业园的一扇窗，让我们一起看看天津援甘建设的大致始末，了解这一跨世纪的山海之情，如何助力红色会宁更好地全面发展。

我曾在一篇报道中写道：从"河海要冲"到"如意陇原"，相距千里，却书写着感人的"世纪之恋"。从1996年天津援甘建设开始，至今28年（2023年）。而其与会宁的牵手，始于2017年。这一年，天津和平区与会宁县签订了"1+6"东西部扶贫协作帮扶协议。自此，这一跨世纪的帮扶诗篇中又多了一曲"红色圣地"的吟唱。

（一）

节会为媒，播撒种子，传递温情。
平台为要，连接资源，拓展渠道。

津甘两地打造的以推动产业帮扶上台阶为主要目的的津甘协作标志性活动，已成为全国东西协作系统的品牌项目。

从2019年始创以来，截至2023年，该相关活动已连续举办4届，参会单位和企业超过1700家，累计签约项目244个，合作总额553.03亿元。

该相关活动签约履约率超过90%，取得了良好的社会口碑。

国家乡村振兴局相关领导在参加2023年的节会时说，该活动也成为东部产业向甘肃转移的重要平台和天津企业到甘肃投资的

产业园里的土壤墒情检测站（张伟军　拍摄）

重要载体。要持续深化交流合作，推动津甘协作不断取得新进展、新成效，树立东西部协作新样板。要统筹资源，推进产业协作再上新台阶，齐心协力共助活动项目增动力、见实效。

2023年"津陇共振兴"活动在会宁举办，体现了会宁在支援帮扶对象中的重要位置，也凸显了其自身所独有的自然、历史、文化禀赋。

近年来，为了培植良好的市场土壤，会宁县的营商环境逐步优化，思想观念、办事效率、服务质量显著改善。作为正在发展崛起中的革命老区来说，实现高质量的发展不光是一项重要任务，更体现的是其开放包容的胸襟，可持续发展的信心。为了实现合作共赢，跑出经济发展"加速度"，会宁不断加大财税政策扶持力度、强化土地要素保障、实行招商引资财政激励补贴等一系列政策。

据有关新闻报道，在各项政策的加持和帮扶部门的勤耕之下，截至2023年，天津市和平区累计为会宁县投入财政帮扶资金3.3亿元，社会帮扶资金3211万元，共带动138986名建档立卡脱贫户、脱贫残疾人2086人。

2021年，和平区和会宁县立足新阶段、聚焦新要求，再次签订了《和平区人民政府会宁县人民政府"十四五"东西部协作框架协议》，和平区与会宁县完成2个街道与乡镇结对、2个社区与共建乡村振兴示范村结对。完成学校结对35对、医院结对2对、社会组织与乡村振兴示范村结对2对、企业与乡村振兴示范村结对4对，形成了条块结合，县乡村三级联动的帮扶工作格局，全面推动新时代东西部协作工作提质升级、再上台阶。

2023年，和平区先后选派3名党政干部，31名专技人才在会宁县挂职，会宁县也选派3名党政干部，48名专技人才到和平区挂职，搭建起了沟通合作的桥梁纽带。津甘两地，不断开拓创新，在东西部协作中促进发展，在推进乡村振兴中增进感情，推动两地实现更高水平共进、共荣、共赢发展。

（二）

栽"梧桐树"，向阳而生，以成森林。

培"千年木"，迎光而上，化作标杆。

如今的会宁，把营商环境建设作为发展的"生命线工程"来抓，对于东部地区之帮扶和投资的企业来说，会宁是目前和未来发展的一片蓝海。

在"津陇共振兴"天津—白银企业家合作投资恳谈会上，会宁县政府诚邀各位企业家与会宁一道，深耕协作之缘，携手产业发展。这些年，会宁县持续深化"放管服"改革，大力推进"互联网＋政务服务"，不断加强法治政府、诚信政府建设，全力营造公平公正的营商环境。对重点项目实施"一对一"跟踪帮扶，为其提供优质高效的"保姆式"服务。在审批上做"减法"，在服务上做"加法"，积聚动能，大力营造重商、亲商、富商的良好经济发展环境。

在这次恳谈会上，会宁县政府诚恳发出邀请：欢迎大家多到会宁走一走、看一看，布局新产业项目、开拓新领域市场、赢得新发展空间，做会宁发展的"最佳合伙人"。会宁将全力用心当好"优质店小二"，用情做好"一流服务员"，全力护航项目建设落地，与各位企业家实现双向奔赴、合作共赢。

立足实际，盘活经济，从心出发。

着眼长远，巩固成效，再创佳绩。

这次洽谈会上，全国首个"东西部协作和支援合作产业促进会"在会宁正式成立。这是为更好地解决东西部产业合作存在信息流通效率不高、资源有效整合不够、企业投资风险较高等问题，为更好推动天津与帮扶地区的产业合作、破解区域合作的难题而成立的重要组织。下一步，"促进会"将牵头建立"产业联盟＋专家智库＋产业基金衔接机制"，推动形成产业合作合力；将组织智库专家、领军企业主动参与策划帮扶项目。为两地政府共同推动产业合作提供智力、资源和资金支持。

辽阔的陇原大地充满机遇。产业振兴是乡村振兴的重中之重，联心、联业、联未来。

相比往届，2023年"津陇共振兴"活动同步纳入"兰洽会"总体安排和天津主宾市重要经贸活动，将充分展现天津实施"十项行动"取得的新进展和深化津甘东西部协作新成效。活动主体不仅有国家乡村振兴局和津陇两地各级负责同志，还增加了各区县牵头负责园区共建和示范村建设的负责同志。不仅组织企业家参与，也邀请了专家、学者、科技特派员与会。

87年前，三大主力红军会宁会师是革命力量大团结的典范，而在87年后的今天，东西部协作和津陇共振兴的举措再次书写着新的"时代典范"。从产业培育、市场建设、人才交流再到高质

山海情深,谱写乡村振兴新蓝图(张伟军 拍摄)

量的平台搭建,会宁乘着"津陇共振兴"的东风,书写新时代的"会师梦"。

山海情,从未远,一路相伴,共创未来。

43 会宁教育的"脊梁"

2013年，会宁县第二中学高三·16班学生在高考前宣誓："十几年的等待，十几年的拼搏。期待实现凌云志，拼得一身真英雄，面对百日鏖战，展望六月沙场，今天我举起右手，向母校，向未来，庄严宣誓，不负父母的期待，不负青春的理想，不负天赐的智慧，不负恩师的厚望，用勤奋踏过书山，用细心规避失误，用高效夺得高分，抛弃失败的理由，追寻成功的脚步，珍惜时光战百日，全力以赴迎高考，流泪流汗十几载，不上大学不肯休。"

这一年，高三·16班的班主任侯小兵无疑是年度新闻人物。

央视科教频道《讲述》栏目2分48秒："只要学不死，就往死里学。"这句话背后说的就是会宁教育的底层逻辑，是众多贫困家庭"翻身"的根本路径。这句话说出了会宁教育"势在必得"的精神。也因为这句话的"野性"和"呼唤"，一度成了教育流行语。

在侯小兵呐喊的背后，会宁教育还有着诸多感人事迹。"陪读族"就是一个很特殊的群体，他们夯筑起了会宁教育的另一座高山。

也许很多人并不愿意去体察陪读族的真实生活，他们宁愿相信那是美好的存在。客观来讲，陪读族并不是给会宁教育"蒙羞"和"带负"。恰恰相反，正是这种陪读的精神折射了会宁教育的另一种价值信仰。

朴实的老百姓知道，在一座连着一座的大山中，只有知识可以给梦想插上翅膀，然后方能振翅翱翔。到那时候，你宁可守候着这方故土，那也是一种成功。

下面的故事是我10年前写的。我想，有些故事永远不会过时，因为它是有着精神的。

会宁"名片"离不开"会宁教育"。为了体现会宁人民对教育无与伦比的重视，会宁教育被称为"金色教育"。

"金色"一般用来修饰黄金、比喻收获的秋天、形容太阳的霞光、彰显功勋的卓著……可想而知，教育在会宁人心中的分量。

会宁教育是一个值得"多方面"探讨和挖掘的"富矿"。因为它不仅仅是教育本身，而是"牵一教育动全身"的压舱石。可以说，会宁诸多发展离不开教育，教育在一定程度上为会宁在软实力上"招商引资"，在硬件上"锦上添花"。

我用我的眼睛，看那绿树红花。我用我的耳朵，倾听遥远的呼唤。我用我的双手，捧出星星的泪花。我用你的脚板，漂洋过海走天下。

这是纪录片《黄土魂》的序曲。它以厚重朴实、意味隽永的词曲讴歌了会宁教育的精神。想读懂会宁教育，就要去聆听黄土不息的呼唤，抚摸犁铧不老的坚韧；想解读陪读族的精神就要走进他（她）们的真实世界。多少年来，究竟是什么力量，让他们为了孩子的一切而义无反顾；多少辛酸，又是什么让他们用孺子牛的勤恳和执着挺起了脊梁；在每个寒冷的冬天是什么温暖着他们的心，他们又在守望什么。

下面的人名均为化名。

永辉那年48岁，是太平店镇的一位农民。2009年，他和妻子为了给孩子做饭，在北河湾租了一间不足20平方米的砖房。两张床、一张桌子、一个火炉及一些生活用品，把房间装点得井井有条。他盘坐在床上看着报纸，妻子纳着鞋垫。他在建筑队当工人，今天因为刚从乡下老家回来没有去工地，便忙里偷闲地读起了报纸。问起喜欢读报的原因，他平静地说："了解社会信息，有些信息对于教育娃娃有帮助，平时多看点新闻有好处……"

他讲了一个故事：某次，在列车上，他旁边坐着两个外国人。一位乘务员过来对两个外国人用汉语说："请你们两位到餐厅车厢休息。"但外国人没有听懂意思……当时，在一位大学生的帮助翻译之下，他们才明白了。

他就想："不管多难，在孩子的教育上，坚决不打退堂鼓。"

家住杨崖集乡的桂花那年49岁。她说："我们一家4口人，丈夫在建筑队打工，我更希望孩子能锻炼自立生活的能力。但娃娃常年患有胃病，一直吃中药，每天都要按时熬药，做饭……所以，孩子上学后我就陪娃娃'念书'来了。"还有许多陪读的人和他们一样，放弃田地，放弃土炕，卖了牲口……带着各自家庭难念的"经"，心甘情愿地成了陪读大家庭里光荣的一员。

勤国那年65岁，是八里乡人。当问起为什么陪孙子读书的时候，他激情地说："其实，现在社会65岁还不老，只要腿脚灵便，没有什么大病，做几顿饭还是能行的。我一辈子是个'睁眼瞎'，和土地打了大半辈子的交道。娃他爸没念成书，现在只能种几亩地，在外面靠打工维持生计。"正在给孙子煮方便面的老伴插话说："就是的，娃娃不念成书就没有什么出息，我们那个年代想念书，各方面条件都不允许，现在只能把希望都放在娃娃身上了。"勤国一个手捂着下巴说："现

2013年的新年，我参加了由西部商报发起的"新年新衣"爱心活动。会宁教育历来就得到了社会各界人士的关注与关照（张伟军　拍摄）

在我们一家人的希望都在娃娃身上，假如娃娃不争气我们活着也没有心劲。娃娃父亲在一家建筑队上当架子工，一个月的工资大部分都开销到这儿了。"

为了给孙子调换胃口，老两口专门买了一箱子方便面。隔三岔五的给孙子煮一袋，煮的时候都会加个鸡蛋。这种伙食在老两口眼里已经很好了，他们从来不奢望吃这样的"香饽饽"。老两口回忆说，在他们年轻时候，这些"嘴头子"根本就买不起，就算有了钱也没有地方去买。是啊，在那个物资匮乏的年代，很多营养价值并不大的"嘴头子"都会让人觉得很值钱。以今天的视角看，也许"荞面疙瘩"的营养价值远远高于方便面。但在两位老人眼里，为娃娃做"方便面加鸡蛋"就是对孙子最大的疼爱。

多少年来，会宁教育的"三苦两乐"①精神一直被传为佳话。"家长苦供"是三苦之一。"苦"不仅仅是打工赚钱上的苦，有

---

① "三苦两乐"：领导苦抓、家长苦供、社会苦帮、教师乐教、学生乐学。

一种"苦"，妈妈们只能深埋在心中。

"我不知道说什么……"一位母亲眼含热泪地说。这位母亲叫晓琳，那年44岁，家在党家岘乡。她陪孩子念书已经第三个年头了。她的儿子在会宁一中"宏志班"，女儿已经上一中高二了。在会宁，"一中"和"宏志班"都是"好"学生的"标签"。为了生计，她除了给孩子做饭之外，还在学校餐厅做临时工，一个月能赚800元。这份辛苦钱都舍不得花在她的身上，都给孩子买上了营养品，支付了学习资料费。

为了孩子，为了生计，她丈夫远在异乡，自己又在这里蜗居，撇开家里的一切时，她不禁潸然泪下。她说："在孩子面前我从来没有哭过，我不想给孩子施加压力。人啊，活着就是这个样子。苦，向谁说来！"

"家长苦供"的精神内涵在于父母亲对"苦难"朴素而独到的见解。"苦"不仅仅是身体上的，更是内心不得已的选择。就像她说的："我最大的幸福就是和孩子在一起，让娃娃能吃上一顿热乎饭。"

母亲，伟大的母性。在她们的字典里从来没有退缩，只有前行。

"米黄馍馍……米黄馍馍……"这个吆喝声伴着春霞整整5个年头了。她是汉家岔镇的一位中年妇女。2007年，在其嫂子的建议下，她在乡镇上开始做起了卖"米黄馍馍"的营生。

她说："我身体不好，常年有病，只能做点比较轻松自由的小生意。"

2011年，为了给上高中的孩子做饭，她就把这个营生从乡下搬到了县城，在南关租了两间不足20平方米的砖房。她说："这里就是'家'，因为3个孩子都住在这里。"她租房里的桌子上，放着一个破旧的叫卖器。叫卖器的手柄已经断裂，用铁丝固定在一起。

她走在城市的大街小巷都会产生莫名其妙的"憋屈"感。她对"馆子"经常望而生畏，在她的意识里似乎没有"下馆子"的想法。就是这样一位母亲，是什么让她蹬着人力三轮车在街市上卖米黄馍馍呢。

她说："是孩子，孩子是我付出一切的动力。"但她也有很强的自尊心，她从来不会拿着叫卖器在街市上现场吆喝。她每次都会提前在屋子里把音录制好，拿到街市上打开叫卖器的开关就行了。

她说，每次听到自己的声音在耳畔回响总有些说不出的滋味。

现在已是寒冬，寒冷包裹着会宁大地。但她依然坚持每天早上5点半起床，给孩子做完早餐就蒸米黄馍馍。她每天要蒸70余个，每一个都要装在涂有食用油的瓷碗里面。从拌面、入笼，到最后放到三轮车上，差不多就到上午9点了。

她说："娃娃父亲和我一样，身体不好。所以，我必须挺住，虽然挣得不多，但勉强够用……"

在她的租房里，零散地放着很多药瓶。

陪读生活就像一口蒸米黄馍馍的"大蒸笼"，有时压抑的喘不过气来，有时候却能酝酿成熟！

陪读族的故事还有很多……在他们的世界里，只有孩子，知识。哪怕生活的担子压弯了脊梁，都会为孩子而忍辱负重，勇往直前。陪读族是一种精神的象征，是当前教育改革和发展进程中必然存在的社会现象。

会宁县是西北教育名县，是享誉陇上的"状元县"。长期以来，会宁人民秉承崇文修德、尊师重教的优良传统。历届党委、政府对教育高度重视，全社会对教育工作大力支持，教育发展成就辉煌，创造了薄弱经济基础支撑宏大教育体系的会宁教育现象，形成了领导苦抓、家长苦供、社会苦帮、教师乐教、学生乐学的"三苦两乐"精神。这种精神，是在教育资源匮乏、教学条件简陋、群众生活困难的大背景下形成的。这一精神进一步扩大了会宁教育在西北乃至全国的影响。办好人民满意的教育，就必须继承和弘扬这一优良传统，在继承中创新、在创新中发展，赋予"三苦两乐"会宁教育精神更加丰富的内涵和外延。

我想，有一天"陪读族"现象会成为历史，但其陪读之征程总有其坚守的理由；"陪读族"精神总有其融进会宁教育史篇的雄壮。

44　健康会宁的乡村"基石"

　　2016年10月25日，中共中央、国务院发布了《"健康中国2030"规划纲要》，这是今后15年推进健康中国建设的行动纲领。《纲要》充分体现了党和国家卫生和健康工作的新思路，即从以治病为中心转变为以人民健康为中心，从小卫生到大卫生，从小健康到大健康，标志着我国卫生与健康工作步入新阶段，具有重要里程碑意义。

　　乡村医生，最初名字叫"赤脚医生"，诞生于20世纪50年代。由于当时农村卫生条件极其恶劣，各种疾病肆意流行，在严重缺少药品的情况下，政府部门提出把卫生工作的重点放到农村，培养和造就了一大批"赤脚医生"，他们半农半医，一根针、一把草治病。

　　当时乡村医生的来源主要有3部分：一是医学世家；二是高中毕业且略懂医术病理的；三是一些是上山下乡的知识青年。"赤脚医生"为解救中国一些农村地区缺医少药的燃眉之急做出了积极的贡献。

　　今天，很多曾经的"乡村医生"已经不在了。但新时代的"乡村医生"承传其薪火精神继续造福桑梓。

杜生道是会宁众多乡村医生中的一员，透过他的故事，让我们来看看这个群体的时代群像。

《"健康中国2030"规划纲要》是为推进健康中国建设，提高人民健康水平，根据党的十八届五中全会战略部署制定。由中共中央、国务院于2016年10月25日印发并实施（网络资料）

截至2023年，他行医20余载，上门诊疗行程6万千米，换了4俩摩托车，从最早的"幸福"牌到近几年的"钱江"牌。他跋山涉水，穿沟越渠，救死扶伤。用脚趾扎进泥土的坚韧彰显着"医者仁心，悬壶救世"的医者之道。

社会变迁，时代向前。曾经以"赤脚医生"备受全社会关注的医者们依然是构成国家基层治理、完善基层医疗服务体系的"阿喀琉斯之踵"。乡村社会更好地发展，他们自然也成了一个至关重要，不可或缺的特殊群体。

20世纪90年代，乡村医生和现在一样是"稀缺资源"。1993年，他决心学医之前的几年，他的母亲长年患病。他回忆："那个时候，我们村的医生很少，因为各种原因，很多医生在我们真正有需要的时候并不能及时上门诊疗。我记得很清楚，就是因为当时医疗资源的欠缺，母亲因未能及时医治而撒手人寰，那是一个很不愿去回忆而且很痛的过往……"在母亲走后，他与父亲商量自己要去学医，让在乡村和母亲一样的人得到应有的医治。

就是因为这样一个念头，他在父亲的支持下，走上了学医之

杜生道在他的医生办公室（张伟军　拍摄）

路。会宁卫校毕业后，他一直笔耕不辍，在医学的高山勤奋登攀。

新冠疫情管控放开后的某一天（2023年1月6日），我作为媒体记者正跟随他采访。他一天当中上门服务近10次，大多是空巢老人。他背着印有"十"字标志的铝塑箱，在附近村社整整忙了一天。同行的一位文化艺术界人士王兆军是他的老乡，他说："杜医生的生活就是这样的，一年365天，几乎天天如此。"

华家岭的余脉在丁家沟镇线川村延伸出了一条长长的山梁。杜生道的医生办公室就坐落在这条山梁的半山腰。这里也是他的老家，自祖上迁址于此，这里便成了烟火之地，行德之驿。他的祖上在这里发家，在乡里之间多有厚爱之事。

在他的村医办公室，他拿出了上学时读过的课本。上面用钢笔画满了各种标注。他说："每每翻开这些书籍，我都会不自觉地重新发现自己。重温当时学医的初心，省察从医过程中的不足。"

他拿出了一沓泛黄的笔记本说："你看，这些是我读书的笔记。

这些是我诊断过的患者，包括开过的药方，治疗后的效果……有些病的治疗是理论作为先导的，而有些病的诊断是需要临床经验的累积。因为很多同类型的病可以总结出基本符合这个病症的治疗方案的。比如，最近很多流感的病，它的致病原因都差不多……"期间，他拿出了自己的很多证书：执业资格证、毕业证、救护员证、培训结业证……

经过20多年的学习实践，在今天国家倡导中医国粹精神的背景下，他对中医学逐渐有了更深的认识。

中医适宜技术通常是指安全有效、成本低廉、简便易学的中医药技术，又称"中医药适宜技术"。现代医学认识"中医药适宜技术"也称为"中医传统疗法"，是祖国传统医学的重要组成部分，其内容丰富、范围广泛、历史悠久，经过历代医家的不懈努力和探索，取得了巨大的成就。

今天，他依据"中医药适宜技术"在带状疱疹的治疗方面有着独特的见解。他用该疗法治愈了很多患者，足迹遍布会宁诸多乡镇。依据中医调制方法，他也在疮痛、牙周炎、肛旁脓肿、外痔及部分顽固皮肤病的治疗方面探索出了有效的治疗法子。赢得了患者及家属的认可。

大国之福，匠之精神，弥足珍贵。他办公室有一个中药柜子，是他的父亲亲手做的。他的父亲是一个木匠，把木头做成了艺术品。但更多的是一种精神的传承。木匠、医匠，都需要眼力、脚力、脑力，而所有的耕耘皆因心中的理想。

不管外面的世界多么精彩，杜生道从未想过离开老家这片黄土地。他说，能用自己所学守护一方百姓的健康，就值了。这份情怀还包括他对农村医疗卫生事业的热爱，对中医国粹的传承发扬。

杜生道是千万乡村医生群体中的一个，他的经历和担当从一个切面彰显着"基石力量"。

健康会宁是健康中国的一分子。那么，未来的"健康中国"究竟是什么样呢？我们开篇讲的《纲要》提出：

到2020年，主要健康指标居于中高收入国家前列。

到2030年，主要健康指标进入高收入国家行列。

到2050年，建成与社会主义现代化国家相适应的健康国家。

2030年的具体目标包括人均预期寿命较目前的76.34岁继续增长，达到79岁；重大慢性病过早死亡率较2015年下降30%；个人卫生支出占卫生总费用的比重从目前的29.3%降至25%左右等。

为实现以上目标，《纲要》还从普及健康生活、优化健康服务、完善健康保障、建设健康环境、发展健康产业等方面进行了部署，把健康融入所有政策，加快转变健康领域发展方式，全方位、全周期维护和保障人民健康，大幅提高健康水平，显著改善健康公平。

新中国成立以来特别是改革开放以来，我国健康领域改革发展取得了显著成就。居民人均预期寿命从新中国成立初期的35岁提高到2015年的76.34岁；孕产妇死亡率从1949年的1500/10万下降到2015年的20.1/10万；婴儿死亡率从新中国成立初期的200‰下降到2015年的8.1‰——这三个国际通行的居民健康衡量指标的变化，见证了一个发展中人口大国卫生与健康事业发展的历程。

过去30多年，中国在卫生领域的成就斐然。由世界银行、世界卫生组织和中国相关部门的联合研究报告认为，中国对卫生基础设施的投资显著增加，基层医疗卫生服务体系得到强化，在较短时间内基本实现了医疗保险全覆盖，低收入人群因病致贫的主要原因自付费用在卫生总费用中所占比例下降，基本公共卫生服务均等化持续推进，公立医院改革不断深化，医疗卫生服务的可及性更加均衡，服务公平性和可负担性得到改善。

　　作为村医，服务好"健康中国"在农村的最后一千米，是新时代"乡村医生"的整体荣耀。

45 数字技术的三个变量

过去40多年，推动中国改革开放、经济发展的三个主要因素是城市化、工业化和技术创新。数字技术解放了传统的信息传播格局，融合了技术鸿沟，区块链技术深度应用，去中心化成了趋势。随着地方政府对建立数字经济顶层设计的落地，一批和其相关的产业矩阵拉开了经济社会发展的新篇章，并将造就新的生态。

这个过程中，我们发现"三个慢变量"在悄然改变诸多地方的发展战略、方向以及基本操作系统。

旧动能的"红利释放"

当新事物到来的时候，锐不可当。

过去传统的产业绑住了很多地方发展的步履。不论是农业、工业还是服务业，建立在工业化产品设计概念下的流水线思维，已经不足以使经济实现可持续发展。出现了产能过剩、经济结构不合理等一系列问题。尤其是以资源为主而发展起来的城市，生态位宽度愈来愈窄，中介中心点越来越少，各大产业供应链缺少

位于汉唐街的会宁电商大楼（张伟军　拍摄）

关键环节。归根结底，就是缺少整体统筹和规划设计，没有形成聚合力，势能降低，新的动能亟待唤醒。

互联网深入到传统行业的腹地后，它在有些创试层面依然有局限。虽然，传统的产业出现了诸多危机，但传统产业为新动能的发展提供了基础保障。农业的现代化在过去很多年一直在逐渐壮大。工业的转型发展在新发展理念的指引下不断蜕变。第三产业发展方兴未艾。

在2020年新冠疫情之后，城市烟火气氤氲缭绕。经济的复苏除了本身该有的爆发力之外，一些看似微不足道的小趋势正在重构着经济社会的新生态。而这些小趋势背后，唯一逃不脱的就是互联网经济，它以迅雷不及掩耳之势催生着新的业态，进而创造新的就业岗位。就业保障了，社会安稳了。我们才会理直气壮地讲"就业才是最大的民生"。

为什么要说是旧动能的"红利释放"？

因为数字化经济需要产业（实业）的支撑。它是根基，是源源不断输送养分的土壤。农业结合工业化流水线生产出了农特产品，农特产品随着第三产业的发展走向市场，走向消费者手里。进而在整个产品（服务）供应上形成一个完整的链条。

以信息化为核心，数字经济在过去很多年的扶贫和脱贫攻坚中并没有真正拉动消费升级。就算有，也是初级的尝试。让百姓脱贫致富的恰恰还是传统产业。只不过传统产业进行了结构调整，在供给侧方面做了深化改革。

旧动能是相对于新型产业而言的。旧动能的迭代也会成为新动能。创新不是简单的弃旧扬新，而是要不断回归传统，然后在旧的势能当中寻找新的突破。

如今的数字经济发展，是站在传统产业，是在旧动能"红利"的基础上发展起来的。新旧动能转换加速，为如今新的经济业态发展蓄势。

网红带货，构建产品新渠道

这是一个万物皆可播的时代。互联网下的"蛋"，全民共享。

不经意间，孵化出了众多网红。他们成了时代的弄潮儿，成了新的"意见领袖"。中规中距地大众传媒议程设置功能渐趋式微，沉默的大多数没法完胜网络世界的"黑天鹅"，我们发现一个时代的转折点来了，是那么清晰，那么让人不知所措，那么应接不暇。

互联网不是孤岛，是一个生态。

信息化时代要走向人工智能，人工智能将解放70%的劳动力。如果说这个设想显得有点遥远，那么"网红带货"更加逼近每个人的生活。一电商公司创始人说，直播能催生巨大产能，视频、图文及其他载体都是产生价值的平台。他尤其重视产品供应链的

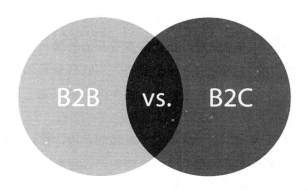

商与商VS商对客，B2B关注制造商的产品功能和服务能力，而企业客户更关注企业品牌。B2C关注的是产品或服务的品牌影响力和价格水平，消费者更关注的是产品品牌

打造，供应链上的每一环都有其增长点。政府和市场主体要紧抓新信息技术推广战略机遇，推动经济高质量发展。打造数字产业链、培育经济"新动能"、开拓经济"新蓝海"。

顺应5G时代发展趋势，按照"政府搭台、企业唱戏、市场运作、互联网+"模式，很多地方率先搭建了集网红培训、产品培育、网络直播、线上销售为一体的"大众创业、万众创新"孵化平台，开辟了新形势下经济发展的源头活水，为区域经济社会发展注入新活力、增添新动力、拓展新空间。

我们会发现，前几年还处在争议口水中的"网红"，如今俨然成了信息化社会中不可或缺的一股力量。他们个性十足，对新事物始终保持激情，从一到十，从十到百，从百到万……催生了新的业态，创造了新的就业岗位，搭建了生产与渠道的桥梁。

2020年7月6日，人社部联合国家市场监管总局、国家统计局向社会发布了包括"区块链工程技术人员""互联网营销师"等在内的9个新职业。这是我国自《中华人民共和国职业分类大典（2015年版）》颁布以来发布的第三批新职业。人们熟知的"电商主播"带货网红"有了正式的职业称谓。

如今，在网络世界里，黑天鹅变成杀出的黑马，占领了新零售的半壁江山。原来，前几年的"网红"就是信息化社会的一个变量，一个小趋势，但让人想不到的是这些看似微不足道的小趋势创造了亿万级的消费市场。

网红带货解决了生产与渠道不对称的矛盾。在过去传统的产品销售中，渠道力量左右着生产，因为产品只有通过渠道才能变现。如果没有顺畅的渠道，那么产品的流通成本势必会增加，或者滞销，囤货，赔本。

2023年，会宁县网络交易平台累计达到2003家。其中电商企业41家，网店535家，微店1427家。2022年，全县电子商务交易额达到7.19亿元。在这块日新月异的黄土地上，这个数字似乎酝酿着另一种机会。

今天，网红带货在一定程度上解决了渠道问题。但今后如何更好地发展，需要诸如法律等方面的加持。

全媒体＋，重新定义议程设置功能

手握手机的广大人民群众随时随地都能感受到网红直播的力量左右着自己的视觉。不知不觉间，每个人成了数字经济蓝海中的一朵浪花，躲是不可能的，只有顺应潮流，享受信息化带来的便捷。为之困惑和思考的人们，也在其中汲取到了信息化的能量。

毋庸置疑，数据成了新的生产要素，它与土地、劳动力、资本、技术相并列。当前，5G、人工智能、大数据等互联网领域新兴科技方兴未艾，数据驱动作用愈显重要，新经济业态不断涌现，为经济社会发展带来了新机遇。

在这样的大背景下，地方发展的架构中，有一块就是要抓数字红利，进一步强化数字化思维。把握互联网发展规律，熟悉新兴传播模式与新经济业态。提升数字洞察力、数据决策力、数据思维力。抢抓国家加强"新基建"的政策机遇，加快推进5G、工业互联网、数据中心、人工智能、区块链的建设运营步伐，打造集约高效、经济适用、智能绿色、安全可靠的现代化基础设施体系，抢占发展先机，赢得发展主动。紧跟时代步伐，密切关注信息技术的最新进展，不断提升使用能力、驾驭能力，以先进的信息技术推动产业升级改造、城市智能管理、社会精细治理，真正使互联网这个"最大变量"变成事业发展的"最大增量"，汇聚起高质量发展的强大合力。

通过这三个变量，我们看到了地方（区域经济）在融入数字经济方面所拥有的基本盘，高瞻远瞩的战略定位及服务于实践的方法论。

46 社会化养老，注解时代之问

社会化养老是怎样站到时代前沿，注解时代之问，破解时代之题的。在"静悄悄的人口革命"——人口老龄化社会之下，中国养老事业面临着诸多挑战。而以宗族观念，乡土社会为纽带的中国式家庭养老也为"社会化养老"带来了诸多考量。

在这里，我们主要结合智慧养老来聊聊社会化养老的破题路径。

根据国家统计局数据，2022年中国60岁及以上人口28004万人，比上年增加1268万人，占全国人口的19.8%，比2021年提高了0.9%。65岁及以上人口达到20978万人，比2021年提高了0.7%，老龄化程度远超世界平均水平。随着人口老龄化趋势的加剧，社会对养老服务的需求日益增长，互联网的兴起改变了老年人的生活方式，成为优化和创新养老服务的关键驱动力，智慧养老行业应运而生。

近年来，得益于国家政策扶持，智慧养老产业规模迅速扩张发展，2022年扩张至8.2万亿元，占养老产业总规模的78%，预计2023年该占比将达到89%。同时，越来越多的企业投入智慧养

赵军明与同事在服务对象家中查阅相关台账资料（张伟军　提供）

老行业中，企业数量从2014年的224家增长到2021年的920家，8年内翻了4倍。我国养老产业的市场开发空间巨大，未来智慧养老将迎来广阔的发展空间。

《智慧健康养老产业发展行动计划（2017—2020年）》中指出，智慧健康养老是面向居家老人、社区及养老机构的传感网系统与信息平台，并在此基础上提供实时、快捷、高效、低成本的，物联化、互联化、智能化的养老服务。

智慧健康养老产业链上、中、下游分别为：技术设备供应、智能养老产品服务与产品、需求市场。

智慧养老产业链上游是中游智慧康养产品和服务的重要支柱，其稳定发展为我国智慧康养行业持续发展提供坚实基础。同时，国家助推智慧养老上游产业养老金融发展，通过发展养老金融，增强养老保障能力，多层次、多支柱化养老保险体系，满足人民群众多样化的养老需求。

产业链中游是实现硬件的互联互通及服务落地的支撑。通过综合应用智慧健康养老软硬件以及采集的数据，为老年人提供便

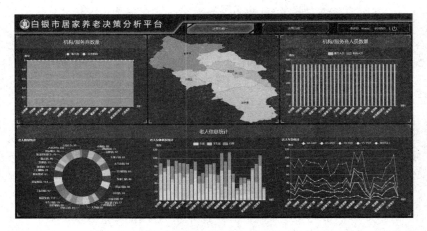

通过综合应用智慧健康养老软硬件以及采集的数据，为老年人提供便捷、精准、高效的健康养老综合服务（张伟军　提供）

捷、精准、高效的健康养老综合服务。

按照享受养老服务的场景不同，下游市场可分为居家养老、机构养老和社区养老三大类养老需求市场。我国目前的养老模式主要以居家养老为主，社区养老为辅，机构养老为次，三种养老模式占比分别约为90%、7%和3%。

2019年，我与赵军明聊起社会化养老的话题时，他这样展望："养老产业是富有潜力的，但要发展到一定的市场化、定制化、智慧化的程度需要一个艰辛而漫长的过程。"

2023年，当我准备把他的创业事迹以及会宁政府在养老方面做出的思考和作为写进这本书时，"智慧养老"已迎来了全新姿态。作为社会化服务的"第三方"，他清楚地认为"没有永远的常青树"。对于历史的长河，他有时候也顿觉值得。参与一个大历史的进程，对于很多创业者来说是有些许自豪感的。

2023年，于我们国家，是全面贯彻党的二十大精神的开局之年；于世界，是进入新的动荡变革期的一年。动荡中有变革，危机中有先机。在捕捉新机遇、创造新空间上，我们在拼，别人也在拼；我们在战略性新兴产业、未来产业上正超前谋划、步步推进，别人也没闲着，动作很多、很快。

我曾不止一次地在观察这个诞生在会宁大地之上的新事物。虽然，在很多地方已经屡见不鲜。在中国这艘大船上很多小变量都会以自己的逻辑进化并演绎成一种趋势。一个村落、一个区域，都以不以人的意志为转移的"社会存在"推动着生产关系不断变革、适应新的生产力要求。

2019年始，在脱贫攻坚的大背景下，"会宁瑞祥老年人服务中心"注册成立。从国家的整体布局来看，这也是乡村振兴的"前奏"。这一号角其实催生了全国诸如"瑞祥养老"一样的很多社会化服务机构。从会宁本土来看，他无疑是会宁县"第一个吃螃蟹的人"，进而深耕社会化养老事业。因为政策的推动，近几年在社会救助方面承接民政部门的"购买服务"逐步布局，构建起了全县284个行政村的"服务网"。他们有一个关于时间的服务

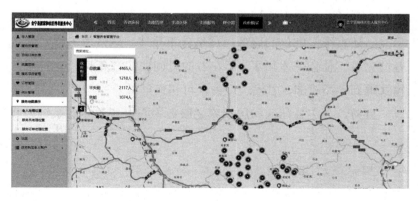

通过智慧养老服务平台，可直观地看到服务对象所处位置（张伟军　提供）

CRITICAL

2024年5月22日，在全国红十字会志愿服务项目大赛中，会宁县瑞祥老年人服务中心参赛项目"特殊困难老人生活照料志愿服务"项目获得社区组铜奖（张伟军　提供）

模式：30分钟服务圈。这既是效率又是底气。还有一个关于数量的服务模式："三定服务"①。这是硬性规定也是服务保障。还有一个关于义务的协议："五方协定"②。这是承诺，更是责任。当然，还有很多细化的服务，这里就不赘述。这些服务模式和内容的完善，他们基本用了3年左右的时间。2021年底，这种服务模式得到了民政部、省民政厅的认可和褒扬。

目前，会宁县社区和居家养老服务中心以智慧养老系统为载

①三定服务：定人、定时、定点。

②五方协定：乡镇人民政府、村委会、服务对象、监护人或照料人、第三方服务机构。

体，运用数据库管理系统、呼叫中心系统、居家养老系统、家庭养老床位系统、主动关怀系统、评估系统、智能终端嵌入系统等技术，建立了会宁县老年人数据库、服务商数据库、志愿者数据库、服务组织数据库等矩阵。通过线上线下结合，形成了线上以智慧养老系统平台为核心，线下以综合养老服务中心为依托的全域服务网。

这种社会服务模式的诞生必有其刚需的一面。"政府主导、部门引领、社会参与"是基本路径。"服务打造"还是要由"打造服务"理念引导。社会需求有时候并不完全理性。这就需要一整套机制的建设来推动。从2019年1.0时代，到目前发展转型的2.0时代，这个过程其实也就是创试、探索和发展的过程。

2023年9月7日，习近平总书记在哈尔滨主持召开新时代推动东北全面振兴座谈会时说，"积极培育新能源、新材料、先进制造、电子信息等战略性新兴产业，积极培育未来产业，加快形成新质生产力，增强发展新动能。"一句话中，出现了5个"新"，落脚点是"新动能"。

智慧养老就是社会化养老大体系中具有鲜活生命力、推动力和创新力的"新质生产力。"是推动区域养老事业的新动能。

《智慧健康养老产业发展行动计划（2021—2025年）》指出，鼓励各地建设区域性健康养老大数据中心，建立健全居民电子健康档案、电子病历、老龄人口信息等基础数据库。搭建健康养老数据中台，统一提供治理分析、共享交换、安全开放等全链条数据服务，提升数据的使用效率，强化数据要素赋能作用。

无疑，智慧化养老是未来养老事业的关键核心一环。

说到这里，我们来说说近100年当中，"政府福利"与"社会养老"契合发展的粗线条。

民国时期是中国社会福利和社会保障事业向近现代转型的关键期，无论是在理念、制度设计还是在社会实践方面都已经具备了现代社会福利制度的特征。在延续了千年的家庭和宗族养老上，也逐渐吸收了西方国家先进的社会福利思想和制度设计。

传统中国社会的养老功能是由家庭和宗族社区来完成的。但对于鳏寡孤独贫困者，政府和民间绅士都会从道义层面而给予救助，并不是一种制度性的设置，也没有体制上的义务。与观念相对应，社会福利实践也开始转型。一个体现就是民国的社会救助立法也从救助理念上突破施舍恩赐的思想，更加强调国家责任。再一个就是官办和民间组织在社会福利救助等方面形成了一种融合，当时的"善堂""会馆"就是社会救助的一个平台。随着实践的深入，后来又引入了服务技术，服务理念也由单纯的"救助"向"救""教""养"三位一体转化。服务内容也增加了医疗救助。慢慢地，养老的社会责任被政府接纳。

从公民社会的层面上来说，这是一个民族和谐的创举，是每一位公民的自豪，养老事业从民国发端，一直到20世纪末，中国社会的养老理念在国家制度层面被高度重视。

47　客运公交化改革的市场逻辑

　　这些年，会宁县除了进行本县域客运系统的创新变革之外，还着眼长远，锚定周边市、县客运班线的公交化改革以及城际公交的落地运营，不断迭代，寻找新的"蓝海"市场。并通过优化线路、提高运力、缩短车隔、调整站点位置等方式，走出了一条具有自己营运特色的新路子。

　　这，是一个里程碑；同时，也是一个新起点。

　　近些年，甘肃省委、省政府布局的"一核两副中心"①为诸多行业产业的发展描绘了一个蓝图。尤其对于交通来说，是一个难得的机遇。不管是城市与城市之间，还是地区与地区之间，联动、贯通、嵌合式地紧密联系、相互推动和影响，才能实现更好的发展。

　　"兰白都市圈"的发展核心，在于以兰州市、白银市为基础，以定西市、临夏州为腹地打造的1小时通勤经济圈，这也是"兰西城市群"规划中的重点组成部分。根据《规划》，相关联地区将促进都市圈一体化发展，推动符合条件的地方不断优化行政区

――――――――――
①一核两副中心：以兰州—白银都市圈为核心、天水和酒泉—嘉峪关为副中心。

2022年9月9日，会宁至定西城际公交正式运营（华通公司 提供）

划设置，同时改造和新建快速城际交通干线，促进人员、物资高效流通，推动展战略性新兴产业。

空间布局来看，"一核两副中心"的规划，主要以兰州—白银都市圈为基础，囊括定西、临夏，辐射甘南，形成省内发展的中心带。作为与会宁县最近的地级市——定西市来说，会宁对于定西客运班线的公交化改革有着必然的"客观原因"，也有会宁在区域空间上的"比较优势"。

随着人们出行理念和方式的转变，私家车数量的增多和交通新业态的兴起，汽车客运站客流量锐减，营收下降严重，全国不少地方出现了汽车客运站停运或搬迁转并的情况。面对服务供给结构性矛盾，汽车客运驶入转型之路，个性化、差异化、品质化成为未来行业发展趋势。会宁至定西城际公交的开通以及会宁至兰州新区的以"会宁出行"为"统揽"的网约车服务找到了新的赛道。

会宁至定西客运班线全程50千米，全程G6青兰高速公路，客车单程运行需1小时。

"1小时通勤圈"也就是"1小时服务圈"。它"连接"的是各类资源。自定西高铁开通运营，宝鸡至兰州高铁开通运营，标志着我国西北地区全面融入了全国高速铁路网。显然，定西高铁站是距离会宁县城最近的高铁站点，会宁县外出全国各大城市都必须首选定西高铁站，会宁至定西线路客运量急剧增加。

这些年，会宁围绕简政放权和优化服务、道路客运供给侧结构性改革、资源配置改革、监管制度改革和"互联网＋"道路运输改造等政策性发展机遇，进一步激发市场主体活力，提升道路客运发展能力、服务水平和综合治理能力，促进道路客运业转型升级，不断满足百姓日益提高的出行需求，为会宁和定西两地经济发展提供更畅通、更安全、更便捷、更优质的道路旅客运输环境。

为充分发挥道路客运公交化的比较优势和加快新能源汽车的推广应用，提升会宁至定西线路服务效能，更好满足该线路人民群众出行需要，2022年后半年，会宁县华通运输有限责任公司在主管部门的领导下，经充分调研客运市场，决定对会宁至定西客运班线进行公交化改造，即将会宁至定西客运班线改造为城际公交客运。

手机支付、云上缴费、智能出行，随着"会宁出行"线上约车服务平台的开通，乘客可通过关注"会宁出行"微信公众号进入约车和购票窗口，驾驶员通过后台指令接受调度任务接送旅客。为辖区出行群众带来了极大的便利。

2023年前后，会宁华通运输公司作为运营主体，按照新形势下道路客运"门到门、点到点、随客而行"的个性化出行和方便

会宁至定西城际公交驶过会宁西雁大桥（华通公司　提供）

快捷的运输需求，试点运营"会宁至兰州新区"定制客运，实现企业的转型发展。

当前，人民群众需要的是个性化、差异化、品质化的服务。作为会宁唯一一家客运企业，会宁华通运输公司正在积极适应这种变化，唯有加快变革创新，才能不断选择新的赛道。道路客运要良好发展，政府政策与职能部门的支持必不可少。

这些年，华通运输公司既修"内功"，又强"外力"，强化多部门协调联动，统筹考虑设计、建设和运营等各个环节，在艰难中蛰伏、在危机中破茧，为其转型打下了坚实的基础。同时，也为会宁客运事业的良性发展作出了应有的贡献。

会宁客运班线的公交化改造以及"智慧客运+"的打造，扩大了"朋友圈"，延伸了"服务圈"，筑牢了"发展阵地"，跑出了"新赛道"，让出行群众真正得到了方便和实惠。市场竞争，唯一不变的就是"变"。只有顺其变化，才能顺势而为。

48　红色驿站，路衍经济的增值创试

很多来过会宁的人，都可能看到过这个红色驿站。因为要经过会宁高速服务区，不论是高速上还是国道上，它都是很醒目的存在。

近10年的会宁城市变化，大多都和红色旅游紧密相连。谈会宁的发展，红色旅游是绕不开的。它的重要性不言而喻。

路衍经济，并不是一个很新鲜的名词。它之前有过两个迭代：路沿、路延。只不过"路衍"更加综合和立体了。

用专业的话说，路衍经济是依托公路派生和演变产生的经济，是一种更开放，更彻底，更有冲击力的转型经济。它既包括路沿经济和路延经济，也在二者的基础上演变出新的内容。反映了对路沿经济和路延经济的超越，体现了高速公路转型发展的裂变。

一个小小"驿站"，究竟有何洞天。

经过10个月的建设，2022年10月22日，会宁红色驿站裂变开花，正式运营。

它作为甘肃省打造的首个红色主题服务区、全省第一个建成投入运营的高速公路"开口子"项目走上了价值增值，引领示范

综合服务中心主立面布设红军长征主题浮雕墙，色彩提取黄土高原地貌的夯土肌理，展现了三军行军路线图及长征过程中十次重大历史事件（张伟军　拍摄）

的路子。

它与其他红色元素完美融合，形成了"出发在红色驿站，参观在会师旧址，瞻仰在大墩梁、慢牛坡，体验在胜利景园、红军村、红军路、红色街区，受教育在干部学院、红军小学"的会宁红色旅游精品闭环路线。所以说，红色驿站不光是高速的服务窗口，更是红色旅游引流的入口。

相关资料显示，截至2023年7月，会宁红色驿站经营业态产值收入共计569.86万元，日均营业额为2.71万元/日，日均车流量超过3500辆，相比改造前翻倍增长，双区加油站累计销售柴油汽油6379吨，产值共计6139万元，服务区经济效益与断面流量均有显著提升。

所有的产业链，归根到底就是要创造更多的价值。文化的、经济的或者其他的价值。显然，红色驿站的价值核心在于对历史文化的传承、对当地经济消费的拉动。这是历史文化的加持与价值延伸。当下，会宁正全力挖掘红色文化资源的潜质，就是要通过红色旅游业拉动会宁经济社会的发展。不管是过去还是未来，红色旅游是会宁发展的力量源泉之一。

很多城市都在讲要构建"景道互联""客源互送""快进慢游"的旅游交通网络，要将更多服务区打造成为宣传地域文化和推介城市形象的"微窗口"，这就是一个很好的尝试。新事物的显现到市场的青睐认可是需要一个时间段的。

之前，我在很多文章中说到一个城市的"基本盘"。如果，会宁没有历史的特殊性，那红色驿站就无从谈起。所以，城市品牌的缔造还是路衍经济的增值，都源于其拥有的基本盘。

会宁红色驿站是《甘肃省交通运输厅关于推进全省高速公路新增出入口等拓展工程实施方案》第一批工程项目，是《甘肃省十四五公路水路发展规划》中高速公路服务功能拓展项目之一，是共同落实甘肃省委省政府决策部署的重点交通项目，同时也是会宁县打造红色文化、会师之城的红色项目。

红色驿站区位优势自不必说。它是G22青兰高遄、国道312线、国道247线3条国省干线公路交会点上，是国道与高速车辆经停的重要驿站。

这里重点说一下它的建设理念，就是以市场为导向，以司乘人员为核心。这两点是关键。说明抓住了"牛鼻子"。

某次，我和一位朋友专程去这里吃饭购物。他很多年前就来过

红色驿站一角（张伟军　拍摄）

会宁，但这一次，他的确有更深更意外地感受。他说："这太高、大、上了。"期间，我专门观察了乘车人员的消费情况。凡是熟悉会宁历史的人，就算他只知道会宁是红

红色驿站内部一角，这里已经成了红色会宁品牌走出去的窗口之一（张伟军　拍摄）

军一、二、四方面军会师的地方，那么会宁的土特产以及会宁元素的文玩都会得到青睐。很显然，历史给予这座城市的是一种荣耀。就连同这座城市的土特产都带着一种不一样的姿色。

相比较于过去，会宁元素的产品也日益丰富、种类增多、价值提升、影响扩大。所以，市场是航向，消费者是根本。加强路衍经济建设，提升公路服务能力，文化建设是不可或缺的一环。这里也被称为甘肃交通"开口子"项目的排头兵。按照"门朝两边开"的运营思路，秉承"共建共享共赢"经营理念，地企联建，着力构建了品地方美食、购地方特产、阅地方文化、游地方美景的共享驿站。

前面说到红色驿站的高、大、上。一方面，自然是深厚历史文化的彰显，一方面是外观设计用料上的讲究。绿色低碳服务区的打造现在看来不是梦，而是走进了人们的出行。会宁红色驿站项目的建设，一方面选用UHPC（超高性能混凝土）新型低碳材料，减少对资源、能源的消耗，实现服务区内碳排放与减排、碳汇吸收自我平衡，达到零碳排放目标。另一方面，利用服务区空地、屋顶布设太阳能光伏发电、充电桩等设施，全面推进分布式光伏

发电项目建设。

这个项目采用"自发自用、余电上网"的消纳模式，共布设光伏板点位7个，面积4063平方米，设计总容量843.48千瓦，设计年均发电量104.84万度。

雕塑栩栩如生，沟通着历史与当下。既然是红色驿站，那自然少不了"红色元素"。依托会宁县丰富的红色旅游资源，这里创新布局红色主题雕塑、会宁会师展厅、红色研学中心、会师学堂、红色书屋等业态，打造会宁红色旅游引流"窗口"。

驿站北区的《红色会宁》主题雕塑，是革命力量大团结的典范；南区《集结号—走向新的胜利》简洁生动，象征着中国革命从此走向胜利的伟大转折。综合服务中心主立面布设红军长征主题浮雕墙，色彩提取黄土高原地貌的夯土肌理，艺术效果采用凹版版画形式，以丰富的人物形象、宏大的叙事手法，展现了三军行军路线图及长征过程中10次重大历史事件；综合楼东侧的"三杆枪"形象高度19.36米，象征1936年三军主力在会宁成功会师。

结合甘肃交通"陇原红运"党建平台，这里还成立了功能型特设党支部。以广大司乘出行需求为导向，为货车司机提供休闲、淋浴盥洗、免费Wi-Fi、开水供应、书报阅读、胶囊仓、智慧公厕、"车货无忧公众责任险"理赔等服务，满足了货车司机在外工作能够"喝口热水、吃口热

以满足基本服务为主要功能，这里设置了文化创意空间、地方特色农特产品、本土特色品牌等（张伟军　拍摄）

饭、洗个热水澡、睡个安稳觉"的朴实愿望，体现了高速服务的温度和温情，着力打造集"党建阵地、会员之家、保险理赔、医疗救助、休息用餐、诉求服务"等功能为一体的"司机之家"。

"快进慢出"，就是要把人留住，让人产生消费，实现红色驿站的价值。我们会发现这里的商业区传统服务与时尚元素高度融合。它是按照"保基本服务、拓特色经营、建主题项目"的思路，积极拓展"服务区+"业态。综合服务中心遵循"一轴两翼四区"布局模式，总体按照公厕、餐饮、商业、研学四大区域进行划分。综合服务中心入口大厅中间设置游客服务中心，以沉浸式商业内街为主轴线，北侧以满足基本服务为主要功能，设置文化创意空间、地方特色农特产品、高速驿佳连锁超市、静宁烧鸡、本土特色小吃、驿品香牛肉面、陇货甘味、罐罐茶、猫屎咖啡等；南侧以商业及研学为主要功能，商业业态主要设置城市会客厅、红色文化展厅、VR体验等。以建筑采光天井为呼应，沉浸式红色主题商业内街为主轴线，串联各商业业态。

会宁红色驿站结合当地丰富的红色旅游资源，打造以长征"会师精神"、红色文化为主题的特色主题服务区，释放"服务区+红色文化""服务区+旅游""服务区+特色产业"红利，形成具有鲜明地域特点、文化特征和交通特色的高速公路服务区，实现高速公路路域资源与地方特色有机融合，优势互补，全面激活公路基础设施的"产业链"价值。通过打造甘肃省"服务区+红色旅游"融合发展的示范性服务区，塑造高速公路主题服务区金字招牌，成为助力地方经济发展的一张亮丽名片，为甘肃省路衍经济高质量发展奠定更加坚实的基础。

对于交通行业来讲，最大的资源莫过于高速公路，发展高速公路路衍经济是实现交通"软着陆"最现实、最便捷、最有效的

会宁会师，是革命力量大团结的典范（张伟军　拍摄）

途径。路衍经济作为一种转型经济，在高速公路建设高峰甚至收费运营期满后，发展高速公路路衍经济过程中产生的经济增长点逐渐形成了一个个新的产业，将为交通的永续发展和经济社会的可持续发展提供坚实的基础。另外，高速公路路衍经济是开放的系统工程，涵盖范围广，市场因素多。因此，应提高高速公路路衍经济的开放性，利用市场经济这支"看不见的手"，同时，解放思想、开阔思路，利用"看得见的手"进行统筹调控，实现地企良好对接，推进区域经济更好发展。

　　我想，这既是会宁路衍经济的增值创试，也是甘肃交通"软着陆"的路径尝试。无创新，无增值，无发展，无跃升。

49　企业，博弈与重生

　　过去10多年，会宁企业勇立潮头，在产业转型和结构调整中表现了前所未有的智慧。不管是房地产、农业、文化创意、电商、社会化养老还是其他新型市场主体的崛起，都不约而同地迎合着时代的需要而共融共生。正是在各种博弈场中，才能看到会宁民营经济发展的真实境况。

　　过去10多年，会宁企业在自我革新中发生了什么？

　　10多年前，会宁商业信息传播的主要载体是广播电视和DM广告；电商基本为零；城市化建设的现代性依然迟缓；企业家理念等同于老板观念；没有大型商业综合体；以高新技术为主的制造业初露端倪；企业文化建设在启蒙中摸索……

　　10多年前我们还没有微信，甚至10多年前没有微博，没有天猫，没有小米，没有共享单车，没有今日头条，没有滴滴打车，没有美团大众点评。10多年前京东的销售额是10亿元人民币。近几年1000亿。10年涨了100倍。10多年前，这些东西都没有。没有所谓的传统行业，也没有所谓的新兴行业，有的是你能不能跟上这个时代变革的步伐，不断进行自我革命。

一座城，装着我们的记忆。关于创业、追求和梦想（王进禄　拍摄）

站在今天的时间节点，我们发现会宁民营企业的变化是立体的，纵深的。这些变化重新定义了未来10年或者更长一段时期内，企业发展该有的路径。

会宁企业的 2.0 时代

在网络科技革命中，人们常用web1.0时代（提供者，单向性的提供）、web2.0时代（平台，用户提供信息，通过网络，其他用户获取信息）、web3.0时代（进行资源筛选、智能匹配，直接给用户答案）来表达不同发展阶段不同的时代特征。会宁企业通过10年到20年的发展，已经走到了一个新的路口即"企业2.0时代"，给社会创造更多的价值，为消费者提供更加精细化的服务，企业不再仅仅是发声者，商品价值传导者，而是要根据市场的需求和消费者的喜好来重新给企业定位。重新定义未来，成了企业不得不思考，不得不面对的一个命题。

从砸钱到拼文化

过去许多年，会宁企业的成长是粗放式的。会宁企业家阵营中，很多企业家都是20世纪90年代到世纪之交开始创业的。他们的创业本身就在一个需要突破制度壁垒或者突破僵化思维的社会环境中成长起来的。在很长的一段时期，他们对于企业文化的缔造认为是"没必要的"，只要"砸钱"就可以获得经济效益，会占领市场的制高点。但后来，实践证明，光有钱还是不行的。随着社会分工以及信息化革命的纵深推进，他们的砸钱逻辑没有了太大的市场。而是要拿钱缔造文化，然后用企业的文化赚钱。企业文化不是简单的口号和贴在墙上的标语，它是一个综合体。我们说企业的图腾，图腾的建设本身就和新产品（服务）相关。拼文化，需要符合企业发展的模式，需要带头人的创业思维，需要一个优秀的团队，需要渠道建设拓展的优秀能力。很多时候，大家都会发现一个有文化的企业就能占领市场的制高点，就能创造社会价值，经济效益。

企业产品（服务）圈层化

圈层化意味着企业的产品或者服务要更加细化。要根据消费者的不同需求和消费水平进行细分定位。受众大规模的、普惠性的服务应该越来越小。消费者会根据自己的喜好，自己的价值观去选择而不再是被动式的接受。好比，部分人就喜欢涮"黑毛驴火锅"，有些人就喜欢喝"苦荞茶"，更重要的是有些人在吃火锅的时候喜欢就着苦荞茶。所以，不论怎样定位都要迎合一个消费圈层的需要。目前来看，会宁企业创新空间依然巨大。就和近些年的文旅产业打造一样，是需要精细划分消费市场的。

现金流是"金钥匙"

这10多年，会宁很多"皮包公司"不断瓦解，被迫出局。虽然负债但以振兴实业为主的企业大多生存了下来并不断冲出"亚马逊"，顺利的切除了束缚其发展的"阿喀琉斯之踵"，成功从市场的"诺曼底"登陆，迎来一片清空，实现转折。

我们会发现，只有自身的力量才能更好地推动企业转型发展，只有去杠杆，不断瘦身才能跳得更远。现金是一种稀缺资源，在企业经营过程中，从现金的投入到整个生产过程以及销售的实现直至现金的回收，在这一系列环节中现金流量的充足性及其有效性最终将影响到企业的生存、发展。纵观会宁企业的发展实际，我们不难看出，虽然那些经营失败的企业有着这样或那样的失败原因，但它们最终都会表现为由于缺乏足够的现金流而陷入财务危机，以致最后不得不退出市场的舞台。因而以实现企业的战略目标为着眼点，进行资源的组合和配置，加强对现金流量的理性控制是十分必要的。

企业"会宁风"将被重塑

会宁企业要做和会宁一切发展有关、有益的事。不管是农业、工业、服务业还是崛起的电商产业。未来的发展，会宁的全域文化将被重新发现价值，民俗文化将和其他产业融合发展，红色文化将会是一个持续带动经济发展的引擎。"会宁品牌""会宁力量"值得期待。这个过程中企业将会扮演重要角色，它将与政府一起推动本土品牌的创建与发展。

大地、城市与灵魂

　　这是本书的最后一个章节。我选择了三个关键词：大地、城市、灵魂。每一个人都有对它们的理解和思考。不妨，带着你的思考，我们拉拉家常。

　　不得不承认，大地给予了我们一切的一切。很多科学家都在追问三个起源：宇宙起源、生命起源和意识起源。相对于46亿年的地球演化历史，200多万年的人类演化进程，一万年只是转眼之间。而就在这个转眼的历史区间内，农业出现了，从此改变了世界，推动了人类历史。农业从一开始到现在都未曾离开过大地。后来各种社会形态的演变迭代，各种文明的交锋碰撞、融合撕裂，都在大地上留下了印记。这一切，或许只有大地最清楚。历史学家掌握的恐怕只是"九牛一毛"的信息。但大地从来不语，她一直在承载，在奉献，在记录，在镌刻，将这颗蓝色星球的点点滴滴揽入怀中。我想，不管是外来陨石的撞击还是导弹的摧残，不管是朝代更迭还是文明碰撞，不管是喜极而泣还是大悲同体……大地依然在托举着她之上的万事万物。敬畏大地就是给自己机会，成长、经历、挫折、思考、参悟。最后，我们每个人还不是要与

2015年，我下乡采访时一位同事拍下了这张照片。泥土自带真理，接近她的时候你能感觉到

大地共长眠。我们每个人所书写的历史，经历的生死，表达的慈悲都会写进大地这本词典。过往10年，我在会宁大地经历了不少，包括亲人的生死离别。但我一直在学大地的沉默和不语；在读大地的历史与沧桑；在听大地的呼吸与吐纳。有时候，我会把激动抑或悲伤的泪水滴到大地上，我知道她最包容了。很多时候，她比人的肩膀可靠得多，踏实得多。不知道在哪一刻，我决定了写这本书。但我相信，大地母亲是厚爱我的，让我经历很多事，让我观察很多文明印记、思考很多问题之后，是要写一本关于她的书的。我说过，这块大地上的人啊应该用自己的方式去礼赞并敬畏她的。我们书写人文、书写历史，书写到最后还是要回归到自然山水。因为，大地是所有文明滥觞的根和源。

无疑，城市被认为是现代文明的表征之一。工业化以及技术破壁催生了它的极速发展。如今，城市包括了居民区、街道、医院、学校、公共绿地、写字楼、商业卖场、广场、公园等。而今，人们讨论人的现代性，就和城市有着密切的关系。因为，在他们看来城市代表着现代性，也代表着历史进程中最先进的生产力。会宁这座城市历史悠久，但发展到如今的样子还是近10年以来的事。这10年，国家加大脱贫攻坚力度，推进乡村振兴战略，城市面貌发生了巨大变化。通过本书各章节不同侧面的记录，我们会发现城市发展的背后一定也有着乡村力量的加持。2010年前后，我租住的房子就在现在祖厉河畔，第五中学前面的小二层楼上。那时候，祖厉河还没有大力度治理，汉唐街还是砂砾滩。不过10多年时间，天翻地覆慨而慷，一条河灵动了一座城。人也是一样，10年总会经历很多事，而有事总会融进生命，历久弥新。自会宁城市规划面积扩容三分之二以后，这座城市的发展我是见证者，也是记录者。今天，能为这座城市写一点文字，我觉得很是自豪。城市给人的感觉是开放的，但很多时候也有它本身的局限。比如很多居民小区的人，在一个单元楼上生活了十几年都不知道对门的人是谁，叫啥名。城市居民可不像农村一样，邻里之间互相串门，互相唠嗑，那叫一个"开放"。城市是很多人实现梦想的地方。城市，总会用它的方式重塑着生活在这里的人们。不过，城市本身并没有好坏，城市品味也不在于高楼大厦，而在于这座城市的文化底蕴。对于会宁来说，2000多年前，汉武帝就在此设有祖厉县，又称会州，即各方大道在此汇合的意思。自西魏得名，至今已有1400多年的历史，古丝绸之路穿会宁境而过，沿途留下了许多重镇驿站和城堡遗址。会宁是通往西域的必经之路，也是陇东的交通枢纽，自古就有"陇秦锁钥"之称。秦皇汉武、成吉思汗，都在会宁留下了足迹。林则徐、左宗棠、谭嗣同，都曾在会宁戍边。当年，周恩来建议红军三大主力在会宁会师时，毛泽东听后兴奋地说："会宁好地名，好地名啊！红军会师，中国安宁！"城市，有了文化就有了活水。它，自当清澈与流远。

2022年，大女儿张安慧和儿子张梓宸在大豹子川的河湾里玩石头。大地之上，除了血缘传承之外，还有一种就是文化的传承

于千万人中，寻一有趣、双向奔赴的灵魂，那比登天还难。有一个人说过："以前觉得20岁到30岁就是十年，现在发现那其实是一生。"这句话是很具有哲理的，因为关于人生的很多美好，都是在这个十年里经历的。彼此记得，就是永恒。自古知己的稀缺也被写进古人的诗词当中。李白写到："桃花潭水深千尺，不及汪伦送我情。"王勃感叹："海内存知己，天涯若比邻。"不过，高适比较自信，他说："莫愁前路无知己，天下谁人不识君。"不知道从啥时候开始，我们经常挂在嘴边的"酒逢知己千杯少"慢慢变成"酒逢千杯知己少"的现实。我们懒于社交、懒于表达、懒于倾诉。只喜欢在自己的世界，慢慢品咂生活的百味，社会的百态。人往往遇见的贵人都是有着共同的灵魂在相应相惜。不需要过多的推杯换盏，一杯茶就足以聊慰平生。吴晓波在《人间杭州》里说："我一直觉得，每一座城市都行走着很多灵魂，他们有的是看得见的，

有的是看不见的。灵魂之间的关系若即若离，他们会互相地瞥一眼，会交谈，会拥抱，会互相砍伐。他们在不同的时间里出现，在同一个空间里重叠，层层叠叠，有的是可以被感知到的，有的则终生茫然无知。每一个灵魂都很有趣，有自己的秘密，绝大多数的秘密微不足道，甚至对于其他灵魂而言，好像从来没有出现或存在过。但是他们又都是重要的。尤其对于城市而言，它就是一个储蓄这些秘密的巨大容器，显贵卑贱是人间的看法，城市从来只知同情，不知拒绝。"在人生很长的一段时间里，有些人是用热爱在温润灵魂，有些人是在用奉献，有些人是在用自嘲，有些人是在用默默地守候……我觉得，灵魂和精神走得很近，或许是一样的存在，但灵魂似乎藏得更深。人在太难过的时候经常说会心疼，这是不是灵魂在哭泣呢。不论如何，人生前行的路上，总是要一些关于供养灵魂的作为的。

大地之上，行走与发现，从高原冰川到大江大河；城市之间，穿行与驻足，从霓虹闪烁到灯火阑珊。

有人说："我们曾经如此追捧外表的光鲜，到后来才懂得，真正的奢华与亮丽，竟是源自内心的快乐与幸福；我们曾经如此追求表面的富裕，到后来才明白，真正供养生命的东西，是思想，是精神，是灵魂，是内心的繁华似锦。"

那天，我网购的一块石头来了。上面刻着：心有山海，静而不争。

附录、参考资料

　　本书除了十余万文字之外，两百余幅照片也从另外一个维度勾勒了《大地会宁》的影像图景和叙事线条，展示出了这方水土的多彩魅力，能让读者朋友更直观地感受会宁全域文化的"新视界"。这些照片有大部分是我拍摄之外，其余照片由周新刚、王进禄、王兴国、樊礼军、郭志辉等同志无偿提供。在创作出版过程中，得到了中共会宁县委宣传部、文旅等部门相关同志及刘虎、侯小兵、赵军明、杜生道、白志宏、徐杰等朋友的鼓励与支持。在此，一并致谢！

　　为了做好本书的创作，有些地方我去了不止一次，有些地方我还是第一次去。对于某些事物的感知，一次和一次是不一样的。有些文字我虽然做了很多推敲和修改，但依然无法企及和表述它该有的灵动和深刻。这本书里面的每一个文字，都是真诚的，虔诚的。每一个文化符号和事件，我都是用心选择过的。它们的存在，让会宁大地有了更多的加持力，进而更深刻地影响着这片大地上的每一个人。

1.《会宁旧志集注》李志中总校注，甘肃人民出版社，2005年版。

2.《会宁县志》，甘肃省人民出版社，2013年版。

3.《会宁通史》，负守勤等编纂，华夏文化艺术出版社，2014年版。

4.《会宁年鉴》，2010—2020各期。

5.《皮影戏　剪纸　民歌》，搜狗百科。

6.《靖会电灌工程》，百度词条。

7.《会宁史料，九百年的西宁古城》，《兰州晨报》，2019年。

8.《青江驿：从"苦甲天下"到美好生活》，《甘肃日报》，2018年。

9.《史前生物档案古菱齿象》，中国古生物化石保护基金会公众号。